DIE MEMOIREN DER FANNY HILL

VON

JOHN CLELAND

MELCHIOR
Historischer Verlag

Das seltene Werk

Die Memoiren der Fanny Hill

erscheint im Rahmen ausgewählter Literatur
als exklusive Reprint-Ausgabe in der
Historischen Bibliothek des Melchior Verlages.

Die Historische Bibliothek enthält wichtige
sowie interessante Bücher zur Geschichte
und lässt anhand dieser eindrucksvollen Zeitzeugen
bedeutende Ereignisse, Begebenheiten und Personen
aus längst vergangener Zeit wieder lebendig erscheinen

Nachdruck der Originalausgabe von 1906
nach einem Exemplar aus Privatbesitz.

M
Reprint

Wolfenbüttel
2017
ISBN: 978-3-945853-57-3

www.melchior-verlag.de

DIE MEMOIREN
DER
FANNY HILL
VON
JOHN CLELAND

ERSTER BAND

MELCHIOR
Historischer Verlag

ERSTER BAND

MADAME, ich nehme Ihren Wunsch als einen Befehl; so wenig angenehm es mir auch sein wird, will ich also die Geschichte jener meiner Lebenszeit aufschreiben, die nun vorbei ist, nun, wo ich glücklich bin in Liebe und Gesundheit und Jugend. Bequeme Verhältnisse und nicht geringes Vermögen lassen mir Zeit, die ich nicht besser verwenden kann, als dass ich einen schon von der Natur nicht ganz schlechten Verstand übe, der mich auch inmitten der ausgelassensten Lüste und Freuden mehr Erfahrungen über Brauch und Sitte der Welt machen liess, als es bei Huren allgemein ist; denn die halten jeden Gedanken für einen schlimmen Feind ihrer Betäubung, so dass sie ihn entweder weit sich fernhalten oder in Stumpfsinn vernichten.

Ich mag lange Vorreden nicht und will mich auch weder verteidigen noch entschuldigen, will nur sagen, dass ich mein Leben genau so beschreiben werde, wie ich's geführt habe.

Ich will die Wahrheit geben und mir

nicht die Mühe nehmen, ihr eine verschleiernde Hülle zu geben. Ich will Umstände und Situationen so beschreiben, wie sie waren, und mich nicht darum kümmern, ob ich damit jene Gesetze des Anstandes verletze, die ja auch für die Art unserer beider Beziehungen und Beichten nicht gemacht wurden. Dann haben Sie ja auch eine viel zu gute Kenntnis der Wirklichkeit, als dass Sie über deren Beschreibung aus Prüderie oder aus „Charakter" die Nase rümpften. Die geschmackvollsten Leute werden in ihren Privaträumen Bildnisse des Nackten an die Wand zu hängen sich nicht scheuen — wenn sie es nicht im Treppenhaus tun, so nur, weil sie mit einem allgemeinen Vorurteil rechnen.

Das sei Einleitung genug. Ich komme zu meiner Geschichte. Mein Mädchenname war Frances Hill und ich bin von sehr armen, aber, wie ich aufrichtig glaube, grundehrlichen Eltern in einem Dorf nahe bei Liverpool in Lancashire geboren.

Mein Vater war gelähmt und fand im

Netzmachen einen kümmerlichen Verdienst; meine Mutter trug das ihre mit einer Kleinmädchenschule bei, die sie hielt. Wir waren viele Kinder, von denen keines lang lebte, bis auf mich, der mir die Natur eine vortreffliche Gesundheit gab.

Bis über mein vierzehntes Jahr bestand meine Erziehung in ein bisschen Lesen oder vielmehr Buchstabieren, einem unleserlichen Gekritzel und ein wenig Nähen. Das einzige Fundament meiner Tugend war die völlige Unkenntnis des Lasters und jene scheue Furcht, die uns ganz jungen Mädchen eigen ist, da uns etwas mehr durch seine Neuheit als durch sonst was ängstigt. Von dieser Furcht werden wir meist auf Kosten unserer Unschuld befreit, wenn wir allmählich anfangen, in den Männern nicht mehr die Raubtiere zu sehen, die uns fressen wollen.

Zwischen ihrer Schule und den Hausarbeiten hatte meine Mutter wenig Zeit für mich; und da ihre eigene Naivität nichts Böses kannte, kam ihr auch gar nicht der Gedanke, mich vor was zu warnen.

Ich war fünfzehn Jahre alt, als mir ein grosses Unglück widerfuhr: meine Eltern starben rasch hintereinander an den Pocken und liessen mich als Waise zurück. Die schlimme Krankheit hatte auch mich überfallen, aber in einer so gelinden Form, dass ich bald ausser Gefahr war und ohne Narben davon kam, was ich damals allerdings noch nicht zu schätzen wusste. Ein wenig Zeit und die Unbekümmertheit meines Alters zerstreuten nur zu bald meinen Schmerz, und etwas machte mich endlich ganz gleichgültig gegen ihn: der Gedanke, nach London in Dienst zu gehen, worin mich eine junge Frauensperson, Esther Davis, bestärkte und versprach, mir da mit Rat und Tat beizustehen. Diese Davis war aus London auf Besuch zu Bekannten gekommen und wollte nach ein paar Tagen wieder in ihre Stellung zurück.

Ich hatte niemanden im Dorfe, der sich meiner hätte annehmen, oder mir da etwas hätte raten können. Die Frau, die sich nach meiner Eltern Tode um mich kümmerte, sprach mir zu, und so stand mein Entschluss fest, nach London zu gehen, um da mein Glück zu suchen, wie die Redensart heisst, die schon mehr verdorben als glücklich gemacht hat.

Esther Davis erzählte mir von dem Prachtvollen, was es alles in London gäbe, den Theatern und Opern und Gebäuden und verdrehte mir damit vollends den Kopf. Ich muss heute lachen, wenn ich an das Staunen denke, womit wir armen Mädel, deren ganzer Sonntagsstaat in einem groben Hemd und wollenen Röcken bestand, Esthers Putz bewunderten, ihr Atlaskleid, ihre feinen Bänderhauben, ihre silbergestickten Schuhe. Das alles, dachten wir, wächst in London, und ich wollte es auch so haben.

Esther erzählte mir, „es hätten schon viele Mädchen vom Lande sich und ihre Verwandtschaft auf Lebenszeit glücklich gemacht; manche, die sich gut gehalten hätten, waren von ihren Herren so wohl gelitten gewesen, dass sie sie geheiratet hätten und ihnen Wagen hielten und manche wäre schon Herzogin geworden. Das sei alles Glücksache, und sie wüsste nicht, weshalb ich es nicht ebenso treffen könnte wie manche andere," und so sagte sie noch eine Menge, was mich den Tag der endlichen Abfahrt kaum erwarten liess.

Niemanden hatte ich in dem Dorf: die alte Frau, die noch die einzige war, die sich um mich kümmerte, tat das ohne Zärtlichkeit, nur so aus Mitleid und Gnade. Aber sie war so freundlich, mir meine paar Habseligkeiten, die mir nach allem noch geblieben waren, in Geld umzusetzen, und bei der Abreise gab sie mir mein ganzes Vermögen in die Hand: es bestand aus einer mageren Garderobe, die sich bequem in eine Schachtel packen liess, und aus 177 Schillingen, die ich in einem Beutel verwahrte. Nie hatte ich so viel Geld besessen, und ich konnte mir nicht denken, dass man das durchbringen könnte.

Wir sassen in der Kutsche. Die Abschiedstränen kamen mir halb aus Betrübnis, halb aus Freude, und ist da nicht viel davon zu sagen, wie auch nicht von den Augen, die mir einige von den Passagieren machten — zu mehr liess es Esther nicht kommen, die sehr mütterlich auf mich achtgab und für mich sorgte, was sie sich übrigens damit verrechnete, dass sie mich die Reisekosten für sie bezahlen liess.

Es war spät abends an einem Samstag, als wir mit dem langsamen, obgleich zuletzt mit sechs Pferden bespannten Fuhrwerk in London ankamen, Der Lärm auf den Strassen, durch die wir zu unserem Gasthof fuhren, das Gedränge der Wagen und Menschen, die vielen Häuser, all das machte mich ganz bang vor Staunen, Neugierde und Angst, Wir kamen in dem Gasthof an, unser Gepäck wird abgeladen und übernommen und ich denke nicht anders, so müde wie ich war, mit meiner Begleiterin unser Zimmer aufzusuchen, als Esther, die während der ganzen Reise so lieb zu mir war, plötzlich ganz fremd und kühl gegen mich ist, geradeso als fürchtete sie, ich könnte ihr zur Last werden. Stellen Sie sich meine Bestürzung vor! Anstatt mir, die ich doch ganz fremd und ohne einen Menschen in London war, ihren fernern Beistand anzubieten, auf den ich mich doch verlassen hatte, schien sie es völlig genug zu finden, mich begleitet zu haben und küsst mich und verabschiedet sich von mir. Ich war so verwirrt, dass ich kein Wort sagen konnte und stand stumm und wie betäubt. Esther meinte wohl, der Abschied ginge mir nahe, und so wollte sie mich damit trösten, dass sie mir gute Ratschläge gab, bald eine Stellung zu suchen, die ich ja leicht finden würde, und inzwischen ein besonderes Logis zu nehmen; ich solle sie dann wissen lassen, wo ich wohne, falls sie mich aufsuchen wolle; und wünschte mir noch viel Glück und dass ich brav bleibe und meinen Verwandten keine Schande machen solle, und sie müsse in ihre Stellung zurück. Damit ging sie und ich war allein und verlassen in dem kleinen Zimmer und heulte mir den Schmerz von der Seele, worauf mir leichter wurde, obgleich sich meine Lage doch in nichts gebessert hatte und ich nicht wusste, was anfangen.

Ein kleiner Kellnerjunge trat ein und fragte mich kurz, was zu meinem Verlangen wäre. Ich antwortete ganz ohne zu denken: Nichts, und wünschte nur zu wissen, wo ich diese Nacht schlafen könnte. Der Junge sagte, er wolle mit der Frau reden, die auch nach einer kleinen Weile kam. Ohne sich irgendwie um meine Situation zu kümmern, sagte sie nur ganz trocken, ich könne für einen Schillig ein Bett haben und morgen könne ich ja dann meine Bekannten aufsuchen. Meine Bekannten!

Der stärkste Kummer greift zu seinem Troste nach den erbärmlichsten Gründen: Die blosse Zusicherung eines Nachtlagers war imstande, mich zu beruhigen; und da ich mich schämte, der Wirtin zu gestehen, dass ich in London keinen Menschen habe, nahm ich mir vor, gleich am nächsten Morgen in ein Dienstvermittlungsbureau zu gehen, dessen Adresse mir Esther auf die andere Seite eines Strassenliedes aufgeschrieben hatte, bevor sie ging. Da hoffte ich schon was zu finden, das mich fortbringen konnte, ehe ich meine kleine Barschaft aufgezehrt hätte; und was meine Herkunft und Aufführung betreffe, hatte mir Esther oft gesagt, ich sollte mich nur auf sie verlassen, sie würde schon darüber Auskunft geben. Und da ich sie so brauchte, kam auch mein Vertrauen zu ihr wieder; ihr schneller Abschied kam mir nicht mehr sonderbar vor, und ich gab meiner Unerfahrung und Dummheit die Schuld, dass ich ihn erst so empfunden hatte.

Am andern Morgen machte ich mich also so nett, als es meine Bauernkleider erlaubten, gab der Wirtin die Schachtel mit meiner Habe zur Verwahrung und ging aus, ohne mich unterwegs von irgendwas länger aufhalten zu lassen, als man von einem Landmädel erwarten kann, das kaum Fünfzehn alt ist und jedes Schild und jeden Laden begaffen muss. Endlich kam ich nach manchem

Fragen in das betreffende Vermittlungsbureau. Das führte eine ältliche Frau, die an einem Tisch vor einem grossen Buch und allerlei Schriften und Zeugnissen sass. Ich schaute keinen Menschen in dem Raum an, ging auf die Frau zu und stotterte nach einem Knix meine Angelegenheit vor. Die Frau hörte zu mit einem Ernst wie ein Minister und schaute mich an von oben bis unten. Sie gab keine eigentliche Antwort, sondern verlangte vorläufig den gewöhnlichen Handschilling, bei dessen Empfang sie sagte: Dienstplätze für junge Mädchen wären sehr selten, besonders da ich ihr für schwere Arbeit zu zart gebaut vorkäme: sie wolle aber doch in ihrem Buch nachschauen, ob sich was für mich tun liesse, indessen sollte ich ein wenig warten, bis sie andere Kunden abgefertigt hätte.

Bestürzt über diese wenig gute Auskunft trat ich etwas zurück; um mir das Warten erträglicher zu machen, schaute ich mich in dem Zimmer um, wobei ich den Blicken einer Dame —

ich musste sie in meiner Unerfahrenheit für eine solche halten — begegnete, die in einem Winkel sass, und mitten im Sommer eine Samtmantille um hatte. Die Frau war dick und fett, hatte ein kupferiges verquollenes Gesicht und mochte wenigstens an die Fünfzig alt sein. Sie verschlang mich förmlich mit den Augen, musterte mich von Kopf zu Füssen, ohne sich um die Verlegenheit zu kümmern, in die mich ihr Anstarren setzte, und die ohne Zweifel eine starke Empfehlung für sie war und ein Beweis, dass ich mich für ihre Zwecke wohl schicken würde. Und ich gab mir Mühe, mich recht gerade zu halten und den besten Eindruck zu machen. Nachdem das so eine Weile gedauert hatte, kam sie auf mich zu und fragte mich sehr sittsam: „Süsses Herzchen, suchst du einen Dienst?“ Ich machte einen tiefen Knix: „Ja, wenn Sie gestatten.“ Das träfe sich gut, sagte sie; sie wäre gerade hergekommen, um sich nach einem Dienstmädchen umzusehen, ich könnte unter ihrer Anweisung wohl ganz brauchbar sein, mein Gesicht sei eine gute Empfehlung, London sei ein schlimmer, gottloser Ort und sie wolle mich schon vor schlechter Gesellschaft hüten — kurz, sie redete wie eine rechte Praktikenmacherin und mehr als nötig war, um ein einfältiges Landmädchen zu fangen, das Angst vor der Strasse hat und das erste Anerbieten eines Obdaches mit beiden Händen annimmt. So wurde ich also in Dienst genommen; ich sah wohl so ein gewisses Lächeln und Achselzucken der Frau an dem Tisch, aber ich nahm es für ein Zeichen der Zufriedenheit über meine rasche Versorgung. Ich wusste ja noch nicht, wie gut diese Vetteln einander verstanden und dass hier der Markt war, wo Madame Brown — meine Gebieterin — sehr oft nach frischer Ware ausging.

Madame schien über ihren Kauf sehr vergnügt. Wohl aus Besorgnis, ich möchte durch eine Warnung oder sonst einem Zufall ihren Händen entwischen, begleitete sie mich in einer Kutsche nach meinem Gasthof und forderte selbst meine Schachtel ab, die ihr auch, da ich zugegen war, ohne weiters ausgefolgt wurde.

Hierauf liess sie die Kutsche zu einem Laden bei der St. Paulskirche fahren, wo sie mir ein paar Handschuhe kaufte, und dann gab sie dem Kutscher Befehl, nach Hause in die * * Strasse zu fahren. Unterwegs unterhielt sie mich auf eine sehr angenehme Weise, die mich so vertrauend wie vergnügt machte, ohne auch nur ein Wort sich entkommen zu lassen, aus dem ich etwas anderes hätte entnehmen können, als dass ich durch ein ganz besonderes Glück in die Hände dieser vortrefflichen Frau gefallen wäre. So trat ich froh und voll guter Erwartung in das Haus und nahm mir gleich vor, sobald ich nur ein wenig eingerichtet sein würde, Esther von meinem seltenen Glück Nachricht zu geben.

Die hohe Meinung von meinem Glück wurde nicht geringer, als ich in ein nach meiner Meinung sehr schönes Wohnzimmer geführt wurde, das mir, die ich nur Bauernstuben kannte, mit seinem Spiegel im Goldrahmen und einem Silberschrank ganz glänzend vorkam und mich auch überzeugte, dass ich in eine sehr wohlhabende Familie musste gekommen sein. Meine Herrin sagte, ich solle vergnügt sein und mich frei bewegen lernen, denn sie hätte mich nicht als gemeine Hausmagd, sondern als eine Gesellschafterin engagiert, und wenn ich mich tüchtig erweise, würde sie für mich mehr als zwanzig Mütter tun. Ich antwortete darauf immer nur mit ungeschickten Knixen und einfältigen Worten. Dann klingelte die Frau, und es trat die dicke, starke Magd herein, die uns ins Haus gelassen hatte: Hier, Martha, sagte Madame Brown, dieses junge Mädchen hab' ich soeben in Dienst genommen; zeige ihr ihr Zimmer. Und dass du ihr mit der gleichen Achtung begegnest, wie mir selber, denn sie ist mein kleiner Liebling. Die verschmitzte Martha war gut abgerichtet und wusste nun, was sie zu tun hatte; sie machte einen kleinen Knix und bat mich, mit ihr hinaufzugehen, zwei Treppen hoch.

Da zeigte sie mir ein nettes Zimmer, nach hintenhinaus, in dem ein schönes breites Bett stand, in dem ich, wie sie sagte, mit einem Fräulein Cousine der Frau schlafen sollte, die sicher recht gut zu mir sein würde. Und dann erging sie sich in übertriebenen Lobeserhebungen ihrer guten Herrin, versicherte mich, wie glücklich ich gewesen sei, dass ich in ihren Dienst gekommen wäre, es gäbe keine bessere Frau, und noch viele solche Redensarten, die jedem andern verdächtig vorgekommen wären, nur mir einfältigem Gänschen vom Lande nicht. Mitten im Reden wurden wir wieder hinuntergeklingelt und ich wurde wieder in dasselbe Zimmer mit dem Silberschrank geführt, wo ein Tisch für drei Personen gedeckt war. Die dritte war eine merkwürdige Hauptperson in dem Hause, deren Geschäft darin bestand, solche junge Fohlen, wie ich eines war, abzurichten und zum Sprung zu bringen. Zu diesem Zweck wurde sie mir zur Schlafgenossin gegeben, und um ihr mehr Ansehen zu verleihen, bekam Mrs.

Phöbe Ayres — so hiess meine Erzieherin — von der ehrwürdigen Präsidentin des Kollegiums den Titel Cousine. Diese Cousine unterzog mich nun einer neuen Besichtigung, die zu ihrer grossen Zufriedenheit ausfiel. Das Mittagessen wurde aufgetragen und Madame Brown zwang sich, mich ihrem Plan gemäss als ihre Gesellschafterin zu behandeln, bat mich als „sehr geehrtes Fräulein" zu Tisch, so sehr ich auch in dem Gefühl meiner untertänigen Stellung dagegen protestierte. Mein bisschen Manier langte gerade so weit, dass ich einsah, es schicke sich nicht, mich ohneweiters an den Tisch zu setzen.

Die Unterhaltung bestritten fast ausschliesslich die beiden Damen, die eine mir nicht verständliche Doppeldeutigkeit in ihrem Reden hatten, die sie manchmal mit ein paar gütigen Worten gegen mich unterbrachen, Worten, die meine Zufriedenheit mit meinen gegenwärtigen Umständen festigen sollten, was gar nicht mehr nötig war. Man machte auch aus, dass ich mich ein paar

Tage verborgen halten und nicht sehen lassen sollte, bis die Garderobe fertig sei, die ich als Gesellschafterin tragen sollte. Auf den ersten Eindruck kommt viel an, sagte die Gnädige, und man kann sich denken, dass ich mich gern für ein paar Tage einsperren liess in der angenehmen Aussicht, meine Bauernkittel mit der Pracht eines Londoner Kleides zu vertauschen. Der wahre Grund der Brown, mich eingesperrt zu halten, war natürlich ein anderer; sie wollte mich von niemandem sehen und sprechen lassen, bevor sie nicht einen guten Kunden für meine Jungfernschaft gefunden hatte, die ich allem Anschein nach mit in Dienst gebracht hatte.

Ich übergehe das Unbeträchtliche, das der weitere Tag bis zur Schlafzeit brachte; ich war vergnügt über meinen so angenehmen Dienst und sehr zufrieden mit den Leuten, die so gütig zu mir waren. Nach dem Abendessen leuchtete uns die Magd in das Schlafzimmer und ging. Miss Phöbe merkte mein schamhaftes Zaudern, da ich mich nicht auskleiden, noch im Hemd vor ihr ins Bett steigen wollte. So fing sie an, mir das Busentuch aufzureissen und mir die Kleider loszumachen, was mir Mut gab mich selbst auszukleiden, und da ich mich schämte, bis aufs Hemd nackt vor ihr zu stehen, machte ich, dass ich schnell ins Bett kam. Phöbe lachte und legte sich gleich darauf zu mir. Sie war, wie sie sagte, fünfundzwanzig Jahre alt, wobei sie mindestens zehn Jahre bei sich behielt, die Verwüstungen abgerechnet, die ein langes Hurenleben und warme Bäder an ihrem Körper angerichtet und sie frühzeitig in die Notwendigkeit versetzt hatten, die Wollust zu lehren, statt sie selbst zu erfahren.

Meine Lehrerin hatte sich kaum niedergelegt, als sie auch schon, um keine Zeit zu verlieren, nahe an mich heranrückte, mich umarmte und heftig küsste. Das kam mir sehr seltsam vor; aber da ich es für Londoner Mode der Freundschaft hielt, liess ich es auch an mir nicht fehlen und gab die Küsse mit allem Feuer zurück, dessen meine naive Unschuld fähig war. Das machte sie kühner und sie gab ihren Händen eine merkwürdige Freiheit, liess sie auf meinem Körper herumwandern, den sie betasteten, drückten, zwickten, was alles mir mehr heiss machte, als dass es mich hätte beunruhigen oder beleidigen sollen. Auch was sie alles über meine Schönheit sagte, trug nicht wenig dazu bei, mich in einem gewährenden passiven Zustand zu erhalten, und da ich nichts Schlimmes kannte, fürchtete ich auch nichts, besonders von einer Person, die mich gegen alle Zweifel an ihrem Weibtum damit sicher gestellt hatte, dass sie meine Hände ein paar grosse Brüste betasten liess, die ganz schlaff herunterhingen. So lag ich also ganz zahm und willig da, wie sie es nur wünschen konnte. Ein mir ganz fremdes, nie gefühltes Vergnügen spürte ich; Phöbes Hände liefen wie ein Feuer auf meinem Körper hinauf, hinunter — es brannte, wo sie mich berührte. Erst beschäftigten sie meine Brüste, wenn man die zwei ganz kleinen harten Hügelchen so nennen kann; dann glitten die Hände den Bauch hinunter, dorthin, wo mir vor wenigen Monaten erst das seidenweiche Haar gewachsen war. Aber nicht zufrieden mit den Aussenwerken, griff sie nun auch den Hauptplatz an, und da begann ein Winden. Drehen, Bohren, bis sie endlich einen Finger hineinbrachte. Wäre sie nicht so allmählich vorgegangen und hätte sie mich nicht dadurch so in Hitze gebracht, dass meine Schamhaftigkeit nicht mehr imstande war, sich zu widersetzen, ich wäre sicher aus dem Bett gesprungen und hätte um Hilfe geschrieen. So aber hatte das Befühlen und Betasten mein Blut mächtigt erregt, besonders an der von der Natur ganz besonders ausgezeichneten Stelle, wo nun zum erstenmal fremde Hände gierig beschäftigt waren, — bis ein Seufzer Phöbe zu verstehen gab, dass sie mir Schmerz verursache. Wie ich mich dehnen und strecken musste, wie ich schwer atmete und mir das Herz im Hals schlug — alles das hatte natürlich diese erfahrene, geile Hexe leicht überzeugt, dass ich über ihr Tun mehr vergnügt als beleidigt wäre. Und während all dem küsste sie mich immer wieder und flüsterte: wie schön du bist ...! oder: wär ich doch ein Mann ...! und dabei immer Küsse, wild und aufregend. Ich war ganz betäubt und ausser mir; keines Gedankens fähig; es schüttelte mich nur so, und schliesslich weinte ich vor Lust.

Die in allen Wollüsten erfahrene Phöbe fand, wie es scheint, in der Ausübung ihrer Kunst, junge Mädchen abzurichten, die Befriedigung eines eigentümlichen Geschmackes, für den sich kein Grund angeben lässt. Nicht als ob sie die Männer gehasst oder ihnen ihr eigenes Geschlecht vorgezogen hätte, aber es trieb sie irgendwas, vielleicht Sättigung am gewöhnlichen Genuss, zu Frauen, wenn sie sich ihr boten. Da sie nun meiner sicher war, zog sie die Bettdecke weg, und ich sah mich nun nackt ausgestreckt und unfähig, irgendetwas zu verhindern. Die Röte auf meinem Gesicht kam sicher mehr vom Verlangen als von der Scham. Das Licht, das Phöbe die ganze Zeit über und sicher nicht ohne

Absicht hatte brennen lassen, warf seinen vollen Schein auf meinen entblössten Körper.

„Du musst nicht denken“, sagte Phöbe, „dass du alle diese Schätze vor mir verbergen darfst, mein süsse Kleine. Meine Augen wollen sie fast eben sowohl haben wie meine Hände. Wie fest dein Busen ist, lass mich ihn küssen, — und wie weich das Pelzchen, lass mich sehen — nein, ich halt es nicht länger aus, da —“ und nahm meine Hand und zog sie, wohin man leicht vermuten wird. Das war nun wohl ein grosser Unterschied! Die Oeffnung, zu der sie meine Hand zog, gab allen meinen Fingern Raum, und sobald mich Phöbe darin fühlte, schob und bewegte sie sich so heftig hin und her, dass ich meine Hand ganz feucht zurückzog, Darauf wurde Phöbe merkwürdig ruhig; ein paarmal noch seufzte sie auf, gab mir noch einen langen Kuss und zog dann die Bettdecke wieder über uns herauf. In dieser Nacht empfand ich zum erstenmal mein Blut.

Nachdem Phöbe wieder ganz ruhig geworden war — ich war weit davon — forschte sie nach allen Umständen aus, die sie notwendig wissen musste, um meine Herrin richtig zu instruieren. Meine simplen Antworten versprachen ihr allen erwünschten Erfolg. Aus Ermattung schlief ich sofort ein, als ihr Fragen aufhörte, und die Natur, die sich helfen musste, erquickte mich mit einem dieser angenehmen Träume, die uns oft ebensosehr entzücken wie die Wirklichkeit.

Des andern Tags erwachte ich früh um zehn Uhr frisch und munter. Phöbe war schon vor mir aufgestanden und fragte mich, wie ich geschlafen hätte und ob ich Appetit zum Frühstück hätte. Dabei vermied sie es sehr sorgfältig, die Verwirrung, in der sie mich sah, wenn ich sie anblickte, durch eine Anspielung auf die Bettszene der vergangenen Nacht zu vermehren. Ich sagte, wenn sie erlaubte, so wollte ich aufstehen und an die Arbeit gehen, die sie mir geben möchte. Sie lächelte. Gleich darauf brachte die Magd den Tee, und ich steckte kaum in den Kleidern, als meine Herrin angewatschelt kam. Ich dachte nicht anders, als dass sie mich wegen meines späten Aufstehens zur Rede stellen oder schelten würde; aber sie verblüffte mich mit Komplimenten über mein gutes Aussehen, sagte, ich wäre eine Schönheit und die vornehmen Herren würden mich sehr bewundern. Ich antwortete darauf, wie ich es konnte, naiv und ungeschickt, was aber den Beiden mehr gefiel, als wenn ich mit geschickten Reden den Beweis von Erziehung und Weltkenntnis gegeben hätte.

Wir frühstückten zusammen, und das Geschirr war kaum abgetragen, als die Magd zwei Bündel Wäsche und Kleider hereinbrachte, um mich auszustaffieren, wie sie es nannten.

Man kann sich mein Entzücken vorstellen, als ich den Taffet mit silbernen Blumen darin sah, der zwar schon einmal geputzt worden, aber doch so gut wie neu war, und dann das Spitzenhäubchen, die dünnen Strümpfe, die gestickten Schuhe! Der ganze Staat war natürlich aus zweiter Hand und eilig hergeschafft worden, da schon ein Kunde für mich im Haus war, vor dem meine Reize Musterung passieren sollten; und der hatte sich nicht nur, wie gewöhnlich, das vorläufige Besehen, sondern auch zugleich die unmittelbar darauf folgende Uebergabe meiner Person ausbedungen, falls ich ihm gefallen sollte, wobei er die gute Bemerkung machte: an einem Ort, wo ich wäre, stünde es sehr misslich um eine so zerbrechliche Ware, wie eine Jungfernschaft. Phöbe zog mich also an, — meiner Ungeduld, mich in den Herrlichkeiten zu sehen, lange nicht rasch genug. Ich war zu unverdorben, als dass ich mich endlich vor dem Spiegel nicht kindisch über meine Umänderung gefreut hätte, die in Wahrheit zu meinem Nachteil ausfiel, denn meine Bauernkleider mussten mir viel besser gestanden haben als der Kram, in dem ich mich nicht zu benehmen wusste. Phöbe versicherte mir noch dazu ein übers anderemal, wie entzückend ich aussehe, wobei sie mir zu verstehen gab, wie viel ich davon auch ihrem Ankleiden verdanke, und ich war selig über mich, über Phöbe und über Madame, die es so gut mit mir meine. Denn dass das nur eine Decke für ein Schlachtopfer wäre, kam mir natürlich nicht in den Sinn. Den alten Plunder, wie ich es nannte, bekam Madame, die ihn mir mit meiner kleinen Barschaft aufheben wollte.

Ich wurde nun hinunter ins Wohnzimmer gerufen, wo mir die Alte sagte, die Kleider stünden mir so gut, als ob ich in meinem ganzen Leben keine andern getragen hätte — was konnte man mir nicht alles sagen, das ich nicht geglaubt hätte! Madame stellte mich hierauf einem Verwandten vor, einem ältlichen Herrn, der gleich auf mich zukam als ich eintrat und mich begrüsste, nachdem ich vor ihm geknixt hatte. Er tat ein bischen beleidigt, dass ich ihm nur die Wange zum Kuss gereicht hatte, ein Versehen, das er sofort damit gut zu machen suchte, dass er seine Lippen mit einer Heftigkeit auf die meinen drückte. wofür ich ihm zu danken wenig geneigt war, nach dem Eindruck. den seine Figur auf mich gemacht hatte. die nicht widerlicher und scheusslicher sein konnte. Er war eher über als unter Sechzig, kurz und schlecht gewachsen, das Gesicht gelb wie ein Kadaver, vorstehende Kalbsaugen, die stierten als ob ihn jemand drosselte; die Lippen hielten ein paar grosse grünliche Zähne beständig auseinandergedrängt, und er roch aus dem Munde. Dabei tat er als ob er eine Schönheit wäre und keine Frau ihn ansehen könnte. ohne sich sofort in ihn zu verlieben. Er bezahlte armen unglücklichen Geschöpfen Unsummen dafür. dass sie ihm die in ihn Verliebten vorspielten, und die weder Kunst noch Geduld dazu hatten, behandelte er brutal. Er suchte rasch immer wieder ein anderes Weib, nicht aus übergrossem Bedürfen, sondern aus Impotenz, und geriet in eine sinnlose Wut, wenn ihn vor dem Genuss die Kräfte verliessen.

Zu diesem Scheusal hat mich meine gütige Wohltäterin, die eine Kupplerin mit langjähriger Praxis war, verurteilt. Seinetwegen liess sie mich hinunterkommen, vor ihm hinstehen, und drehte mich nach allen Seiten, deckte mein Tuch auf, pries Form und Farbe meines Busens. Dann liess sie mich auf- und abgehen, und fand sogar an meinem bäurischen Gang Gelegenheit, das Inventar meiner Reize zu vergrössern. Kurz, sie vergass nichts. Er nickte nur so, herablassend beifällig, während er mich wie ein Bock anstarrte; denn ich musste ihn manchmal, ich weiss nicht warum, ansehen, um sofort wieder wegzuschauen, wenn ich seinem Blick begegnete, was er wohl für jungfräuliche Schamhaftigkeit oder Ziererei auslegte, ein Idiot und Scheusal wie er war.

Dann entliess man mich. Phöbe begleitete mich auf mein Zimmer und blieb bei mir, damit ich nicht allein sei und Zeit finden könnte, über das nachzudenken, was da vorging. Aber meine Dummheit war so gross, oder meine Unschuld so ungeheuer, dass mir über die Madame Brown noch immer nicht die Augen aufgingen und ich in dem sogenannten Vetter tatsächlich nichts weiter sah als einen auffallend hässlichen Menschen, der mich weiter nichts anging, als dass er als ein Verwandter meiner Wohltäterin auch etwas von der Ehrfurcht bekommen müsse, die ich ihr bezeige.

Phöbe bemühte sich, mich für das Scheusal einzunehmen, indem sie fragte, ob es mir lieb wäre, wenn ein so schöner Herr mein Mann werden wollte. Schön nannte sie ihn wohl, weil er sehr reich angezogen war. Ich sagte darauf, dass ich noch nicht ans Heiraten dächte, aber wenn, dann würde ich mir einen Mann aus meinem Stand wählen, so sehr hatte mich der Ekel vor dem hässlichen Kerl gegen den „schönen Herrn" abgeneigt gemacht und mich denken lassen, alle vornehmen Leute wären genau wie der. Phöbe aber liess sich nicht so leicht abbringen und redete und redete, mir Zweck und Sinn dieses gastfreien Hauses beizubringen. So lange sie von Männern im allgemeinen sprach, durfte sie wohl glauben, dass ich mich endlich ergeben würde, und dass da das Beste von mir zu erwarten sei. Aber sie war zu erfahren, als dass sie nicht hätte entdecken sollen, dass meine entschiedene Abscheu vor dem Vetter ihnen ein Hindernis in den Weg legen würde, das nicht so leicht weggeschaft werden könnte, als sie es für ihren Handel wünschten. Mich für die Männer zu gewinnen, das war nicht schwer, die Schwierigkeit begann erst mit dem Mann.

Unten hatte indes Mutter Brown mit dem alten Bock den Vertrag gemacht. Er sollte, wie ich nachträglich erfuhr, fünfzig Pfund im voraus und für den Versuch zahlen, und hundert nachher, wenn der Versuch geglückt sei. Ich wurde ihm dabei ganz nach Belieben und Grossmut überlassen. Er wollte, nach dem das festgestellt war, gleich zu mir, beschied sich aber auf die Vorstellungen meiner Kupplerin, dass ich erst noch abgerichtet werden müsste, auf den Abend. Länger wollte er auf keinen Fall warten. Ungeduld ist immer das Zeichen schlechter Lüste, und es blieb bei dem Abend.

Beim Mittagessen taten die Brown und Phöbe nichts sonst als in höchsten Tönen das Lob dieses wunderbaren Vetters zu singen, und wie glücklich die Frau wäre, die er mit seiner Neigung beglücke, und wie er vom ersten Moment an gleich in mich verliebt gewesen wäre. und was ich für ein Glück mache, auf Lebenszeit, und in einer Kutsche könnte ich fahren — aber der Ekel hatte sich in mir schon so eingegraben, dass ich ihnen, da ich die Kunst meine Gefühle zu maskieren nicht verstand, gerade heraus sagte, sie dürften dem Herrn nicht die geringste Hoffnung machen. Dabei ging der Wein recht lebhaft herum, natürlich um mich für den bevorstehenden Angriff widerstandsloser zu machen.

Wir sassen so sehr lang zu Tisch und gegen Sechs, nachdem ich mich auch auf mein Zimmer begeben wollte, und der Tee gebracht worden war, erschien die würdige Seele mit dem Waldteufel, der eine Art zu grinsen hatte, die ich im Magen spürte. Er setzte sich, dass er mich voll sehen konnte und verdrehte die Augen nach mir die ganze Zeit, da wir den Tee tranken. Das war schnell geschehen, und die sonst immer müssige Alte gab Geschäfte vor — und hatte auch recht damit — um aus dem Zimmer zu kommen. Ermahnte mich noch, den lieben Vetter um ihret- und meinetwillen gut zu unterhalten, bis sie zurückkomme, und den Vetter, artig mit mir zu sein und fein sanft mit dem süssen Kind umzugehen. Darauf verschwand sie sehr schnell, und ich schaute mit offenem Mund nach der Tür.

Wir waren allein und ein Zittern kam auf einmal in meine Glieder, eine Furcht vor irgendetwas schrecklichem, dass ich mich auf das Kanape am Kamin setzte, wo ich wie ein Stein blieb, ohne Athem und Leben, ohne zu sehen und zu hören. Ich konnte mich nicht rühren, wie sich der Mensch neben mich setzt, mich umarmt, küsst. Und wie er mich so ohne Widerstand sieht, reisst er mir das Busentuch herunter und versucht, mich auf das Kanapee zu legen. Ich fühle seine Hand an meinen Beinen, die ich übereinander geschlagen hatte und die er auseinander zu zwängen sich bemüht. Da erst kam ich zu mir; er warf mich förmlich in die Höhe und ihm vor die Füsse und ich bat, er möge nicht hart gegen mich sein und mir nicht weh tun. „Weh tun, Kleine? Ich denke gar nicht daran, — hat dir die Alte denn nicht gesagt, dass ich dich liebe? Dass ich hübsch fein mit dir umgehen will?" — „Ich kann nicht, ich kann sie nicht lieben!" rief ich, „Bitte, lassen sie mich! Ich will sie von Herzen gern haben, wenn sie mich allein lassen und weggehen wollen." Aber ich redete umsonst. Ob ihn mein Bitten noch mehr erregte oder er seine Gier nicht mehr in Zaum halten konnte, er erneuerte pustend und fauchend seinen Angriff und versuchte mich noch einmal auf das Kanapee zu zwingen. Diesmal gelang es ihm, mich der Länge nach hinzulegen, mir sogar die Röcke über den Kopf zu schlagen und meine Schenkel aufzudecken, die ich so sehr als möglich übereinanderpresste; und so viel Mühe er sich auch gab, er konnte nicht Herr über mich werden. Weste und Hose hatte er aufgeknöpft, aber ich fühlte nichts sonst als das Gewicht seines Körpers auf mir. Plötzlich liess er von mir ab, stand keuchend auf und fluchte was von „alt" und „hässlich", denn so hatte ich ihn in der Hitze meines Sträubens genannt.

Nachher erst wurde ich gewahr, dass der Kerl durch das Zappeln und Raufen auf die Höhe seiner Begierde gekommen war, dass ihn schon sein Vermögen verlassen hatte, noch ehe er an den rechten Ort kam — denn es geschah alles auf meine Beine und auf mein Hemd.

Nun befahl er mir, aufzustehen — er wolle mir nicht die Ehre antun sich weiter mit mir abzugeben, die alte Hure möchte sich nach einem andern Trottel umsehen, er wolle sich jedenfalls nicht von einer verlogenen, falschen Keuschheut zum Narren halten lassen, denn er wisse genau, dass ich meine Jungfernschaft einem Bauernbengel auf dem Dorfe abgetreten hätte, und jetzt meine abgerahmte Milch in der Stadt anbringen wolle. So schimpfte er eine ganze Weile, zu meinem grössten Vergnügen; denn der Spott schien mich vor seiner ekelhaften Zärtlichkeit zu sichern.

So deutlich nun auch die Absichten der Brown an den Tag gekommen waren, ich hatte doch nicht das Herz oder den Verstand, das klar einzusehen. Es kam mir gar nicht der Gedanke, mein Verhältnis zu der alten Hure zu lösen, so sehr hielt ich mich mit Leib und Seele für ihr Eigentum. Oder es war doch die Furcht vor der Strasse, der fremden Stadt, die mich selbst so betrog und mich ins Verderben brachte.

Ich sass am Kamin, weinend, mit offenem Haar, blossem Hals, ganz in trübseligen Gedanken, die ich mir nicht so klar machen konnte, dass aus ihnen ein Entschluss wurde. Dieser Anblick muss den Alten aufs neue geil gemacht haben, denn nach einer kleinen Weile fragte er auf einmal ruhig, fast zärtlich, ob ich es nicht noch einmal mit ihm versuchen wolle, bevor die alte Dame zurückkäme, es solle dann alles wieder gut sein. Dabei küsste er mich und fuhr mir mit der Hand zwischen die Brüste. Nun wirkte alles, Ekel, Furcht, Zorn und alles zusammen, dass ich aufsprang, zur Glockenschnur eilte und mit so gutem Erfolge daran riss, dass sofort die Magd gelaufen kam. Wie die mich auf dem Boden liegen sah, mit verwirrtem Haar und blutender Nase — was die Sache etwas tragisch machte — und den Schuft, der noch immer über mir her war, da wurde sie selber verwirrt und wusste nicht was tun. Die Umstände, wie sie uns fand, mussten der Martha den Eindruck machen, dass die Sache schon weiter gekommen sei, als sie wirklich war und dass ich die Ehre des Hauses schon völlig gerettet haben müsste, weshalb sie meine Partei nahm und dem Herrn riet, hinunter zu gehen. Ich würde mich bald erholen und wenn Madame und Phöbe erst wieder nachhause gekommen wären, würden sie schon alles ordnen, bis dahin möge er ein bischen Geduld haben. Das sagte sie in einem sehr bestimmten Ton; und da der Alte wohl selbst dachte, dass sein Dableiben die Sache nicht besser machen würde, nahm er Hut und Stock und ging brummend hinaus. Ich erinnere mich noch, wie er dabei viele Falten in seine Stirne machte, dass er aussah wie ein alter Affe.

Sobald er weg war, bot mir Martha sehr zärtlich ihre Hilfe an, wollte mir Hirschhorn-Tropfen geben und mich ins Bett bringen, was ich durchaus nicht wollte, aus Angst, der Mensch käme wieder und wäre dann im Vorteil. Aber sie schwor mir, dass ich diese Nacht Ruhe haben würde, und so legte ich mich nieder. Ich war so matt, dass ich kaum die Fragen beantworten konnte, mit denen mich die neugierige Person belästigte.

Und dabei dachte ich mit Angst an die Brown, gerade als ob ich die Verbrecherin und sie die Beleidigte gewesen wäre. Aber es hatten ja auch an meinen Widerstand weder die natürliche

Tugendhaftigkeit — wenn es so etwas überhaupt gibt — noch irgendwelche moralische Grundsätze den mindesten Anteil, sondern bloss meine Abneigung und mein Ekel vor diesem ersten brutalen und widerlichen Liebhaber. So wartete ich mit Angst und Verzweiflung auf die Rückkehr der Brown. Abends um eilf kamen die Beiden heim. Martha war hinuntergelaufen, um sie einzulassen — Herr Krofts, so hiess mein Scheusal, war schon fort, nachdem er sich müde gewartet. Martha gab wohl den beiden einen mir günstigen Bericht, und so kamen sie alsbald die Treppe heraufgestapft. Wie sie mich blass und mit blutigem Gesicht fanden, kümmerten sie sich mehr darum, mich zu trösten als mir, wie ich zu fürchten dumm genug war, Vorwürfe zu machen.

Endlich ging die Brown, und Phöbe kam sogleich zu mir ins Bett. Durch Fragen und durch ihre Hände überzeugte sie sich bald, dass ich mehr Schrecken ausgestanden als Schaden gelitten hätte. Wir sprachen nicht viel.

Phöbe schlief bald ein und ich fiel in eine Art Ohnmacht, aus der ich am nächsten Morgen mit einem heftigen Fieber erwachte. Man pflegte mich wie ein junges Huhn, das man, bevor man es an den Bratspiess steckt, noch mästet und füllt, und ich, ich war glücklich über die Sorgfalt, mit der man mich umgab. Meine Jugend kam bald über die Erkrankung hinweg, wozu nicht wenig beitrug, dass man mir die Mitteilung machte, Herr Krofts sei wegen grosser Schwindeleien ins Gefängnis gesetzt worden, aus dem er nicht sobald wieder herauskommen würde. Das söhnte die Brown vollends mit mir aus, und sie erlaubte allen Mädchen ihrer Heerde mich zu besuchen, natürlich in der Absicht, dass mich ihre Reden leichter dahin brächten, wo mich die Brown haben wollte. Die Mädchen waren lustig und leichtsinnig, und ich fing allmählich an, sie um ihren Zustand zu beneiden; und das wurde schliesslich so stark, dass es das Ziel meines Ehrgeizes wurde, eine der ihren zu werden, welche Stimmung sie geschickt zu steigern verstanden. Es fehlte mir jetzt nichts als die völlige Wiederherstellung meiner Gesundheit: ich war zu allem bereit. Nicht etwa aus Verzweiflung, nein — aus erwachender Lust am Vergnügen, aus Eitelkeit und ein bisschen wohl auch aus Furcht, auf die Strasse gesetzt zu werden und da zu verhungern.

Ich war bald wieder ganz hergestellt und durfte zu gewissen Stunden nach Belieben im Hause umhergehen. Nur darauf sah man sorgfältig, dass ich keine Herrengesellschaft sähe, bis zur Ankunft des Lord B * * *, dem mich die Brown zu verkuppeln beschlossen hatte und mit dem sie mehr Glück zu haben hoffte, als mit Herrn Krofts. Ich war, wie gesagt, zu allem entschlossen; ich war gewonnen, wie Phöbe sagte, und man hätte ruhig die Tür meines Käfigs offen lassen können — ich dachte nicht daran, zu entwischen, so hatte ich mich schon völlig in den Plan des Hauses gefunden.

Was bis jetzt an meiner Unschuld

verdorben war, das dankte ich den Mädchen des Hauses: ihr schlüpfriges Reden, die Beschreibungen von ihrem Verkehr mit den Männern hatten mir hinlängliche Einsicht in die Natur und die Geheimnisse ihres Handwerks gegeben und mein Blut angenehm erregt. Dazu setzte auch Phöbe, deren Bettgenossin ich noch immer war, ihren eingehenden Unterricht nicht aus, und was ich nicht aus ihren Beschreibungen erfuhr, das sah ich mit meinen Augen. Eines Tags befand ich mich so gegen zwölf Mittag zufällig in dem dunklen Kabinett der Madame und hatte da kaum eine halbe Stunde auf einem Bett gelegen, als ich ein Rauschen in der Schlafkammer hörte, die von dem Kabinett nur durch zwei Glastüren getrennt war, an denen gelbseidene Vorhänge hingen. Die waren nicht so weit zugezogen, als dass ich nicht vom Kabinette aus das ganze Zimmer hätte übersehen können.

Ich schlich mich leise an die Tür, und da erschien auch schon: die Aebtissin des Klosters selber mit einem langen, jungen Reiter, der wie ein Herkules gebaut war, ein Bursche, wie ihn sich die erfahrenen Londoner Damen für diese Sache wählen.

Still und unbeweglich stand ich auf meinem Posten, damit kein Geräusch mich in meiner Neugierde verraten und Mutter Aebtissin hereinbringen möchte.

Ich hatte keine Ursache dies zu befürchten, denn sie war so sehr von ihrem gegenwärtigen Geschäft erfüllt, dass sie weder Sinn noch Aufmerksamkeit für sonst etwas in der Welt hatte.

Lustig war es zu sehen, wie sich die fette, unbeholfene Figur am Fusse des Bettes hinwarf, gerade der Türe des Kabinettes gegenüber, so dass ich den vollen Anblick all ihrer Reize hatte.

Ihr Liebhaber setzte sich bei ihr nieder: er schien ein Mann von wenig Worten, aber grossem Appetite zu sein, denn er ging gleich zu wesentlichen Dingen über, gab ihr ein Paar derbe Schmatze, und indem er seine Hände in ihren Busen steckte, löste er ihre Schnurbrust auf, aus der dann, trotz ihrer

Einsperrung, ein paar Brüste hervorschossen und sich ausbreiteten und mindestens bis zum Nabel herabsanken. Ein so ungeheures Paar hatten meine Augen noch nie gesehen: graugelb, schlapp, weich und innig ineinander fliessend. Aber dessen ungeachtet schien sich dieser arme Schlucker an ihnen höchlichst zu freuen, indem er vergebens suchte, eine von ihnen mit seiner Hand zu bedecken, die doch nicht viel kleiner war als eine Schöpsenkeule; und nachdem er einige Zeit mit ihnen so gespielt hatte, als wenn sie es wert gewesen wären, legte er die zwei Säcke sanft nieder, hob der Alten die Röcke auf, und machte daraus eine Decke über ihr breites Gesicht, das nur von Branntwein rot wurde.

Als er etwas zur Seite trat, um seine Weste und Beinkleider aufzuknöpfen, hingen ihre fetten fleischigen Hüften tief herunter, und die ganze schöne Landschaft war vor meinen Augen ausgebreitet, ein weitgeöffneter Schlund, überschattet mit graulichem Buschwerk;

es sah aus wie der Sack eines Bettlers, der nach Provision hingehalten wird.

Aber bald wurden meine Augen durch einen andern Gegenstand abgelenkt, der meine ganze Aufmerksamkeit in Anspruch nahm.

Ihr rüstiger Hengst hatte sich jetzt aufgeknöpft, und zog nackend, steif und starrend, jenes wunderbare Werkzeug heraus, das ich nie vorher gesehen hatte. Indess waren meine Sinne zu sehr in Erregung, zu sehr auf den jetzt in mir brennenden Punkt konzentriert, als dass ich etwas mehr hätte bemerken können, als die allgemeine Struktur dieses Instrumentes, über das mich der natürliche Instinkt jetzt mehr belehrte, als alles was ich früher davon gehört hatte: dass ich von ihm das höchste Vergnügen zu erwarten habe.

Der junge Galan säumte indessen nicht lange, gab seinem Ding zwei oder drei Bewegungen, indem er es gleichsam schwenkte, und warf sich dann über die Alte her; und da jetzt sein Rücken gegen mich gewandt war, so konnte ich, nach der Bewegung, die er machte, nur annehmen, dass er hineindrang; jetzt zitterte das Bett, die Vorhänge rauschten, so dass ich kaum die Seufzer und das schmachtende Aechzen hören konnte, das die Handlung von Anfang bis zu Ende begleitete. Diese Geräusche und der Anblick drangen mir ins Innerste und machten, dass jede Ader in mir wie Feuer glühte; und das war so stark, dass es mir den Atem hemmte.

Vorbereitet, wie ich war, von den Gesprächen meiner Gespielinnen sowohl als durch Phöbens detaillierte Beschreibung, war es kein Wunder, dass meine Unschuld jetzt den tötlichsten Streich erhielt.

Während sie in der Hitze der Aktion waren, stahl sich, von der Natur allein geführt, meine Hand unter meine Röcke, und griff mit Fingern, die ganz Feuer waren, und entzündete noch mehr damit jenen Mittelpunkt aller meiner Empfindungen; mein Herz zitterte, als wenn es aus meiner Brust heraus wollte; kaum atmete ich noch; ich bewegte meine

Hüften, presste und drückte die Lippen jener noch jungfräulichen Oeffnung, und indem ich mechanisch die Händeoperation der Phöbe nachmachte, brachte ich endlich die kritische Ekstase, den schmelzenden Fluss hervor, in den die Natur im Uebermasse des Vergnügens sich auflöst und hinstirbt.

Worauf dann meine Sinne ganz abgekühlt waren.

Der junge Bursche war kaum abgestiegen, so sprang die alte Dame sogleich auf, mit voller Jugendkraft, die sie sicher von dieser Erfrischung erhalten hatte, und nachdem sie ihn niedersetzen liess, fing sie an, ihn zu küssen, seine Wangen zu streicheln und mit seinen Haaren zu spielen; Liebkosungen, die er mit Gleichgültigkeit und Kälte hinzunehmen schien; er war jetzt ein ganz anderes Wesen als vorher.

Meine gute Alte war aber nicht ohne Hilfsmittel, zu denen sie jetzt Zuflucht nahm: sie schloss eine kleine Kiste mit gebrannten Wässern, die nahe an ihrem Bette stand, auf, und liess den

Burschen einen reichlichen Schluck tun; worauf, sich Madame wieder am Fussende des Bettes niedersetzte, während der junge Bursche seitwärts bei ihr stand; da knöpfte sie ihm mit der unglaublichsten Unverschämtheit die Beinkleider auf, schob das Hemd weg und zog seine Geschichte hervor, die jetzt ganz eingeschrumpft und klein geworden war; aber unsere erfahrene Matrone brachte es, indem sie es mit ihren Händen wärmte und streichelte, bald zum Schwellen und schliesslich zum Aufrechtstehen, wie ich es vorher gesehen hatte.

Da bewunderte ich von neuem und mit genauerer Ueberschauung die Struktur dieses Hauptteiles des Mannes: der glühende, rote Kopf, unverhüllt, die Weisse des Schaftes, und das braunlichte Haar, das seine Wurzel mit Schatten überdeckte, der runde Sack, der herunterhing, — alles fesselte meine heisseste Aufmerksamkeit und erneuerte meine Hitze; da aber jetzt die Hauptsache auf dem Punkte war, wohin die erfahrene Dame sie zu haben sich bemüht hatte, so war sie nicht Willens, ihre Mühe umsonst gehabt zu haben, sondern legte sich nach rückwärts, zog ihn sanft über sich — und so endigten sie auf dieselbe Art wie vorher diesen letzten Auftritt des Spieles.

Sobald dieses vorbei war, gingen sie beide liebevoll mit einander hinaus; nicht ohne dass die alte Dame dem Burschen vorher ein Geschenk, so weit ich sehen konnte, von drei oder vier Goldstücken gemacht hatte; denn er war nicht bloss ihr erster Liebling wegen seiner Liebestüchtigkeit, sondern er gehörte gewissermassen mit zum Hause; die Alte hielt mich aber sorgfältig vor ihm verborgen, damit er nicht darauf bestünde. der Vorläufer des Lord zu sein; denn jedes Mädchen im Hause fiel dem Burschen der Reihe nach zu, und die alte Dame kriegte nur dann und wann was ab, in Anbetracht der Unterstützung, die er von ihr erhielt, und deren er sich kaum rühmen durfte.

Sobald ich die Beiden die Treppe

hinuntergehen hörte, stahl ich mich leise in mein Zimmer, in dem ich glücklicherweise nicht vermisst worden war. Hier erst fing ich an etwas freier zu atmen, und mich der wonnigen Erregung zu überlassen, die das gerade Gesehene in mir hervorgerufen hatte. Ich legte mich auf das Bett, streckte mich und war voll heisser, drängender Begierde, jene Gefühle zu zerstreuen oder zu besänftigen, die alle auf ein Ziel: den Mann, hinstrebten. Ich tastete auf dem Bette umher, als wenn ich nach etwas suchte, das ich in meinem wachen Traume fassen möchte, und als ich nichts fand, hätte ich vor Schmerz schreien mögen, denn jeder Teil an mir glühte von stechendem Feuer. Schliesslich nahm ich meine Zuflucht zu dem einzigen Mittel, dem des Fingerspiels — aber die Enge der Bühne hatte nicht Raum genug für die Handlung und die Schmerzen, die mir meine Finger gaben, indem sie hineindringen wollten, erweckten in mir eine Befürchtung, die mich nicht ruhen liess, bis ich sie Phöbe mitgeteilt und ihre Aufklärung darüber empfangen hatte.

Dazu bot sich nicht eher Gelegenheit, als am andern Morgen, denn Phöbe kam erst zu Bett, als ich schon längst schlief. Sobald wir beide wach waren, dauerte es nicht lange, dass wir unser Bettgeplauder auf jenen Punkt brachten, wozu eine Erzählung der Liebesszene, bei der ich Zuschauerin gewesen war, als Vorrede diente.

Phöbe konnte das Ende nicht abwarten, ohne mich mehr als einmal durch ein heftiges Gelächter zu unterbrechen und meine naive Art zu erzählen mehrte noch sehr ihr Vergnügen daran.

Als sie aber nach dem Eindruck forschte, den das Schauspiel auf mich gemacht hatte, sagte ich ihr, ohne das Mindeste von den angenehmen Erregungen, in die es mich versetzt hatte, zu verringern oder zu verbergen, dass eine Beobachtung mich beunruhigt hätte und das recht sehr.

„Und das wäre?“ fragte sie.

„Denken Sie,“ antwortete ich, „wie

ich sehr sorgfältig und aufmerksam die Gestalt jener ungeheuern Maschine, die meiner furchtsamen Phantasie wenigstens so stark wie der Knöchel meiner Hand und mindestens drei meiner Hände lang schien, mit dem zarten, kleinen Ding verglich, das da gemacht ist, sie aufzunehmen, da konnte ich nicht begreifen, wie es möglich sei, dass sie da hineinkommen könnte, ohne daran zu sterben, oder doch nicht ohne die grössten Schmerzen; ich weiss, dass schon ein Finger, da hineingesteckt, mir unerträglichen Schmerz macht. Was die Ihrige und die meiner Herrin betrifft, so kann ich den verschiedenen Durchmesser von der meinigen wohl unterscheiden: ich kann das fühlen und sehen — aber ich, ich fürchte mich schrecklich vor dem Versuch, so gross auch das versprochene Vergnügen sein mag."

Jetzt lachte Phöbe nur noch mehr, und während ich auf eine ernsthafte Lösung meiner Zweifel wartete, sagte sie mir nur, sie hätte nie davon gehört, dass jener schreckliche Speer an diesem Teile jemals eine tödtliche Wunde gemacht hätte und dass jüngere und noch zarter gebaute Mädchen als ich die Operation überlebt hätten; und dass sie glaube, ich würde auch im schlimmsten Falle grosses Vergnügen dabei finden, mich auf diese Weise töten zu lassen.

Es sei richtig, dass die Natur eine nicht geringe Verschiedenheit der Grösse dieser Teile hervorbringe, was vom Kindergebären herkomme, vom öfteren Gebrauch der Maschine oder einfach vom natürlichen Bau; dass aber in einem gewissen Alter und bei einer besonderen Gewöhnung des Körpers auch der Erfahrenste in solchen Sachen die Frau nicht vom Mädchen zu unterscheiden vermöge, vorausgesetzt, dass keine künstliche Mittel gebraucht und alles in seinem natürlichen Zustande wäre; und da mich der Zufall zu einem Schauspiel dieser Art geführt hätte, sie mir noch ein anderes verschaffen wolle, das mir noch grössere Augenweide bieten und mich von meinen Befürchtungen heilen solle.

Und nun fragte mich Phöbe, ob ich Polly Philips kennte. „Ist es, fragte ich, das schöne Mädchen, das so zärtlich gegen mich war, als ich krank war und die erst, wie Sie mir sagten, zwei Monate hier im Hause ist?“ „Die ist es, sagte Phöbe; sie wird von einem jungen genuesischen Kaufmann ausgehalten, den sein Onkel, der unermesslich reich und dessen Liebling er ist, mit einem befreundeten Kaufmann nach England geschickt hat, angeblich in Geschäften, tatsächlich aber, um ihm zum Reisen Lust zu machen. Der Genueser traf Polly zufällig in einer Gesellschaft und weil sie ihm gefiel, so gab er sich mit ihr ab; er besucht sie zwei- oder dreimal die Woche und sie empfängt ihn im gelben Kabinett, eine Treppe hoch, wo er sie auf eine Art geniesst, die, wie ich glaube, der Hitze, oder vielleicht der Eigenart seines Vaterlandes gemäss ist. Ich sage nicht mehr; aber morgen ist sein Tag, und da sollen Sie sehen, was zwischen beiden vorgeht und zwar von einem Platz aus, den blos Frau Brown und ich kennen."

Sie können sich denken, dass ich nichts dagegen einzuwenden hatte.

Folgenden Tages um fünf Uhr abends kam Phöbe auf mein Zimmer und bat mich ihr zu folgen.

Wir gingen die Hintertreppe leise hinunter und Phöbe öffnete die Tür eines finstern Kabinetts, wo alte Möbel und Schnaps- und Weinkisten standen; hier zog sie mich herein; und wie sie die Tür zumachte, hatten wir kein anderes Licht als das durch eine Oeffnung in der Wand fiel, die zwischen uns und dem gelben Kabinett war, in dem die Sache vorging, so dass wir auf niedern Kistchen sitzend alles mit grösster Bequemlichkeit und Deutlichkeit sehen konnten, ohne selbst gesehen zu werden; wir hielten bloss unser Auge dicht an die Oeffnung.

Der junge Genueser war der erste, den ich sah; er war mit dem Rücken gegen uns gewandt und beschaute einen Kupfer. Polly war noch nicht da, aber da öffnete sich schon die Tür, und sie trat ein; bei dem Geräusch drehte er sich um und ging ihr entgegen; der Ausdruck seines Gesichtes war Zärtlichkeit und Glück.

Nachdem sie einander begrüsst hatten, führte er sie auf ein Ruhebett, das uns gegenüber stand, und liessen sich darauf nieder; der junge Genueser reichte ihr ein Glas Wein mit etwas neapolitanischem Bisquit auf einem Teller.

Dann ein paar Küsse, ein paar Worte in gebrochenem Englisch und schon fing er an sich aufzuknöpfen und sich sich bis aufs Hemd auszuziehen.

Und als ob dieses Signal verabredet gewesen wäre, fing auch Polly an sich zu entkleiden und da sie kein Schnürleib anhatte, war sie mit Hilfe ihres Liebhabers in einer Sekunde bis aufs Hemd ausgezogen.

Nun legte auch er alles bis auf sein Hemd ab und entblösste Polly, die, obgleich daran gewöhnt, doch errötete, aber nicht so sehr wie ich, als ich sie jetzt ganz nackend da stehen sah, wie sie aus den Händen der Mutter Natur hervorgegangen war; mit gelöstem schwarzen Haar, das an ihrem weissen Nacken und Rücken herabfiel, währenddem ihre Wangen die Farbe des von der Sonne beschienenen Schnees bekamen, — so fein und blendend waren die Tiefen ihres Teints.

Das Mädchen konnte nicht über achtzehn Jahre haben. Ihr regelmässiges, sanftes Gesicht, ihr graziler Bau, ihr weisser, bezaubernder Busen, der so hart im Fleisch war, dass die runden und festen Büste sich ohne Schnürbrust aufrecht hielten, dann der liebliche Bauch, der nach unten in einen sanften, kaum bemerkbaren Spalt endigte, der sich bescheiden zwischen ein paar fleischigen, runden Schenkeln zu verstecken suchte, das gekräuselte Haar, das die Scham überschattete — sie war in ihrer Würde und dem Stolz ihrer Nacktheit das ideale Modell eines Malers.

Der junge Italiener — noch im Hemde — stand staunend da und in Entzückung verloren über den Anblick von Schönheiten, die einen sterbenden Eremiten in Feuer hätte setzen können; seine gierigen Augen verschlangen sie, die sich nach seinem Winke in wechselnden Stellungen zeigte; auch seine Hände nahmen Teil an diesem Feste, und wanderten in der Jagd der Lust über ihren Körper, der wie keiner gemacht war, die höchste Lust zu geben.

Nun bemerkte man auch das Schwellen seines Hemdes, das vorquoll und anzeigte, was hinter ihm vorging; er tat es weg, indem er es über den Kopf zog, und so standen sie beide nackt.

Der Jüngling war, nach Phöbens Vermutung, ungefähr zweiundzwanzig Jahre, schlank und wohlgebaut. Sein Körper war schön gestaltet, stark und breitschultrig. Sein Gesicht war nicht besonders; eine Nase, die sich der römischen näherte; schwarze und feurige Augen, und eine Röte der Wangen, die desto mehr sich abhob, da sein Gesicht braun war, nicht von jener düstern Farbe, bei der die Frische vermisst wird, sondern hell olivenfarbig, die, von Leben glühend, vielleicht weniger blendet als die Weisse, aber auch mehr gefällt, wenn es überhaupt gefällt. Sein Haar, das zu kurz war, um gebunden zu werden, fiel in kurzen leichten Locken nicht tiefer als sein Nacken; etwas Haar auf der Brust erhöhte den Eindruck der starken Männlichkeit. Sein grosser Erreger, der aus einem Dickicht von gelocktem Haar wie aus der Wurzel hervorschoss — es bedeckte seine Hüften und den Unterleib bis zum Nabel hinauf — stand steif und aufrecht und hatte einen Umfang, der mich erschreckte, aus Mitleid für die Zartheit jener Teile, die das Ziel seiner Wut waren, und jetzt vor meinen Augen aufgedeckt lagen; denn der Genueser hatte Polly, als er das Hemd abwarf, sanft aufs Bett gestreckt, das einladend dastand, sie aufzufangen, wenn sie hinfielen. Ihre Schenkel lagen ganz weit ausgebreitet und zeigten das Zeichen des Geschlechts, jene rosenroten Lippen, die eine kleine rote Linie im zierlichsten Miniatur umschrieb, wie nur Guidos Pinsel sie darstellen kann.

Phöbe stiess mich an und fragte leise, ob ich glaubte, dass mein kleines Jungferndinġ viel kleiner wäre? Aber meine Aufmerksamkeit war zu sehr in Anspruch genommen, zu sehr auf das gerichtet was ich sah, als dass ich ihr hätte eine Antwort geben können.

Jetzt veränderte der Jüngling ihre Stellung und legte, da Polly, die bisher nach der Breite gelegen hatte, längs hin auf das Bett: aber immer blieben ihre Schenkel weit ausgebreitet; jetzt kniete er zwischen ihnen nieder, und gab eine Seitenansicht von seiner aufgerichteten Maschine, die nichts geringeres drohte, als das zarte Opfer zu zerspalten, das lächelnd da lag, den Streich zu empfangen und ihm nicht auszuweichen schien. Er selbst sah voll Vergnügen auf seinen Speer, den er nun mit der Hand in die einladende Spalte führte und zur Hälfte mit einigen Stössen, denen Polly nachzuhelfen schien, hineinbrachte; aber hier blieb er stecken; er zog ihn wieder heraus, befeuchtete ihn mit Speichel und drang aufs neue hinein, wobei Polly einen tiefen Seufzer ausstiess, der aber ganz anders klang, als der, den der Schmerz auspresst. Er stiess und sie hob sich, erst sanft und in regelmässigem Rhythmus, aber bald wurde die Entzückung heftiger und die Bewegungen wurden schneller und ihre Küsse wilder, als dass die Natur diese Wut hätte lange aushalten können. Beide schienen mir ausser sich zu sein und ihren Augen entstürzte Feuer; „Oh! oh! . . . ich kann es nicht aushalten . . . Es ist zu viel, . . . ich sterbe . . . ich bin verloren . . . .“ stöhnte Pollys Ekstase; seine Lust war erst stumm, aber bald kamen gebrochene Töne, tiefgeholtes Stöhnen und endlich der letzte Stoss, mit einer Heftigkeit, als wenn er damit ganz in ihren Leib hätte eindringen wollen, — und dann die beweglose Erschlaffung aller seiner Glieder. Alles kündigte an, dass der Hinsterbensaugenblick gekommen war: sie liess die Arme herabsinken, ihre Augen schlossen sich und ein tiefer Seufzer entrang sich ihr, in dem sie in einer Agonie von Seligkeit ihr Leben aushauchen zu wollen schien.

Als er sich von ihr losmachte, lag sie noch immer da, ohne Bewegung, ohne Athem, und, wie es schien, voll nachgeniessender Lust. Er legte sie wieder in der Breite über das Bett hin, da sie nicht aufrecht sitzen konnte, die Schenkel auseinander, zwischen denen ich flüssigen, weissen Schaum sah, der die Lippen umspülte, die jetzt noch röter erglühten. Da warf sie sich auf ihn, umschlang ihn mit ihren Armen und schien durchaus nicht unzufrieden über diese harte Probe zu sein, nach der Zärtlichkeit zu schliessen, mit der sie ihn anblickte und an ihm hing.

Ich will erst nicht zu erzählen versuchen, was ich diese Zeit hindurch gefühlt habe; erst lebte in mir die Angst vor dem, was ein Mann mir tun könnte — die hatte sich jetzt in so heisse Begierde verwandelt, in so unbezähmbare Sehnsucht, dass ich den ersten, besten Mann, der mir in den Weg gekommen wäre, beim Aermel hätte nehmen können und ihm die Kleinigkeit anbieten, deren Verlust ich jetzt für einen Gewinn ansah, den ich mir nicht bald genug verschaffen konnte.

Selbst Phöbe, die mehr Erfahrung hatte und der solche Szenen nicht so neu waren als mir, war warm geworden; sie zog mich von dem Guckloche, aus Furcht, gehört zu werden, und führte mich ganz nahe an die Tür; ich folgte willenlos.

Es war da kein Platz, weder zum Sitzen, noch zum Stehen; Phöbe hiess mich an die Tür lehnen, hob mir die Röcke auf und fing mit geschäftigen Fingern an zu visitieren und den Teil zu durchwühlen, wo die Hitze und der Reiz so heftig waren, dass ich vor Wollust hätte hinsterben können; sie fühlte, wie mich der Anblick angegriffen, und nachdem sie mich mit ihren Fingern etwas beruhigt hatte, führte sie mich an die Wand-Spalte zurück.

Unser Spiel an der Türe hatte kaum ein paar Augenblicke gedauert und doch sahen wir jetzt alles wieder in Bereitschaft zu einem neuem Angriff.

Der junge Genueser setzte sich aufs Bett nieder. gerade uns gegenüber; er hatte Polly, die ihre Arme um seinen Hals geschlungen hatte, auf einem Knie; die ausserordentliche Weisse ihrer Farbe hob sich von seinem sanften glühenden Braun sehr hübsch ab.

Wer könnte die unzähligen feurigen Küsse zählen, die gegeben und geraubt wurden und bei denen die Zungen so lebhaft waren wie die Lippen!

Und schon war auch der rotköpfige Held, der soeben seine Höhle verlassen hatte und eingeschrumpft und eingesunken war, wieder in seinen früheren Zustand gebracht, schwoll zwischen Pollys Schenkel an, die alles tat, um ihn in gute Laune zu bringen, sich zu ihm nieder bog und die samtene Spitze zwischen ihre Lippen nahm, aus Lust, oder um ihn desto leichter einschlüpfen zu lassen; und es sah aus, als ob der junge Mann, dessen Augen glühten, ein ganz besonderes Ver-

gnügen dabei empfunden habe. Er stand auf und nahm Polly in seine Arme; dabei sagte er ihr etwas ins Ohr, aber so leise, dass ich es nicht hören konnte; und fand ein Vergnügen daran, ihr Lenden und Hintern mit seiner steifen Lanze zu schlagen, was auch ihr ein köstliches Vergnügen zu machen schien.

Aber denken Sie sich mein Erstaunen, als ich den faulen jungen Schelm sich auf den Rücken legen und Polly über sich herziehen sah, die seiner Laune folgte, sich auseinanderspreitzte, mit der Hand ihren blinden Liebling an den rechten Ort führte und selbst auf die Spitze des glühenden Speers aufrannte, wo sie sich bis an dessen äusserstes Ende aufspiesste; so sass sie einige Augenblicke auf ihm, voll Vergnügen über ihre Stellung, währenddess er mit ihren Brüsten spielte. Manchmal bückte sie sich nieder, ihn zu küssen, und gab ihm dabei den Sporn zu lebhafterem Tempo. Und nun begann ein Sturm von Heben und Senken, den der untere Streiter mit Stössen harmonisch begleitete; er legte seine Arme um sie, zog sie mit sanfter Gewalt an sich, stiess sie hebend wieder von sich, so dass sie auf und nieder flog, gleich einem Postillon zu Pferde. Endlich kamen über sie die Zeichen der Ekstase.

Nun konnte ich nicht länger zusehen; ich war so verwirrt und erhitzt von dem Anblick dieses zweiten Aktes, dass ich Phöbe mit einer Vehemenz ergriff, als wenn sie mir Erleichterung geben müsste; und sie zog mich mitfühlend nach der Türe hin, öffnete sie so leise wie möglich und führte mich in mein Zimmer zurück, wo ich mich nicht länger auf den Beinen halten konnte, so sehr war ich erregt und auch wieder beschämt über meine sonderbaren Gefühle.

Phöbe legte sich zu mir und fragte mich lächelnd, ob ich jetzt, da ich den Feind gesehen und genau beobachtet hätte, mich noch immer vor ihm so fürchte und ob ich es jetzt wagen würde, mich ganz mit ihm einzulassen. Ich gab keine Antwort; ich atmete kaum; und Phöbe fasste meine Hand und führte sie, nachdem sie ihre Röcke aufgehoben hatte, dorthin, wo ich nun, klüger als früher, den Hauptgegenstand meiner sehnsüchtigen Wünsche gar arg vermisste und wo ich auch nicht den Schatten von dem fand, was ich mir wünschte, denn da war alles schlapp und hohl! Ich hätte am liebsten meine Hand zurückgezogen, aber ich fürchtete, Phöbe zu beleidigen. Also liess ich sie ihr, um ihr etwas Freude zu machen. Ich selbst aber hungerte nach kräftigerer Kost und schwor mir, mich nicht mehr mit diesen Scherzen der Frauen untereinander abspeisen zu lassen, wenn Frau Brown mir nicht bald das wirkliche Vergnügen verschaffen würde; ich fühlte, ich würde die Ankunft des Lord B *** nicht abwarten können, obgleich er in wenigen Tagen eintreffen sollte. Und ich wartete auch nicht auf ihn, denn die Liebe nahm sich selbst die Mühe, mich an das Rechte zu bringen.

Es war gerade zwei Tage nach der

Szene im Kabinett, als ich des Morgens um sechs Uhr aufstand und mich von meiner Mitschläferin wegstahl, die noch fest schlief; ich wollte in den kleinen Garten frische Luft zu schöpfen; eine Tür aus unserer Hinterstube ging nach da hinaus; wenn Gesellschaft bei uns war, durfte ich nicht in den Garten, aber jetzt schlief noch alles fest.

Ich öffnete also leise die Tür in die Hinterstube und erblickte zu meinem Erstaunen neben einem halb erloschenen Kaminfeuer einen jungen Herrn im Armstuhl der alten Dame, mit übereinandergeschlagenen Beinen und fest schlafend. Seine Freunde hatten ihn betrunken gemacht und hier zurückgelassen; jeder war mit seiner Geliebten davongegangen, nur er blieb allein zurück, da die Alte ihn nicht wecken und in diesem seinen betrunkenen Zustand nachts um Eins aus dem Hause lassen wollte. Die Betten waren wahrscheinlich alle besetzt gewesen; auf dem Tische standen noch die Punschbowle und die Gläser herum, wie es bei trunkenen Nachtgelagen auszusehen pflegt.

Als ich leise näher trat, welch ein Anblick bot sich mir da! Keine Jahre und keine Schicksale könnten den Eindruck aus meiner Seele nehmen, den ich da erhielt. Ja, du süssester Gegenstand meiner ersten Leidenschaft, immer schwebt die Erinnerung deines Anblicks vor meinen entzückten Augen!

Stellen Sie sich ihn vor, Madame: einen schönen Jüngling zwischen Achtzehn und Neunzehn, den Kopf leicht auf die eine Seite des Stuhles gelehnt, das Haar in unordentlichen Locken, das Gesicht halb beschattend, auf dem sich die rosige Blüte der Jugend mit aller männlichen Grazie und Kraft vereinigten, meine Augen und mein Herz ganz gefangen zu nehmen. Selbst die Ermüdung und die Blässe gab seinem Gesichte eine unaussprechliche Süssigkeit; seine Augen bedeckten die sanftesten Wimpern und kein Pinsel hätte regelmässigere Bogen über sie ziehen können, als die seiner Brauen.

Vollkommen weiss war seine Stirn und seine Lippen waren rot und dem Kusse entgegenschwellend. Hätten nicht Scham und Achtung, die in beiden Geschlechtern immer bei wahrer Leidenschaft sind, meine Triebe zurückgehalten, ich hätte den Mund geküsst.

Als ich aber den aufgeknöpften Hemdkragen und die schneeweisse Brust sah, konnte ich mich nicht abhalten, für seine Gesundheit zu sorgen: mit zitternder Hand fasste ich die seine, und weckte ihn auf, so sanft wie ich nur konnte. Erst sah er verwirrt umher und fuhr in die Höhe; und dann mit einer Stimme, die mir ins Herz drang: „Ich bitte dich, liebes Klnd, sag mir, was die Uhr ist?“ Ich sagte ihm die Zeit und fügte noch hinzu, er könnte sich erkälten, wenn er länger in der Morgenkühle so mit offener Brust schliefe. Er dankte mir mit lieben Worten, die ganz mit dem Ausdruck seiner Augen übereinstimmten, diesen Augen, die jetzt weit offen waren, mich lebhaft anblickten und mit dem

Feuer durchdrangen, das aus ihnen leuchtete.

Es schien, als ob er, weil er zu viel getrunken hatte, nicht imstande gewesen sei, mit seinen Freunden mitzutun und die Nacht mit einem Mädchen zu beschliessen; so dachte er wohl, da er mich im losen Negligee sah, nicht anders, als dass ich ein Mädchen des Hauses wäre, das hereingeschickt worden sei, das Unterlassene nachzuholen, was ich ganz selbstverständlich fand. Doch redete er mich durchaus nicht gewöhnlich und grob an und das vielleicht aus Höflichkeit oder weil ich ihm einen mehr als gewöhnlichen Eindruck machte; aber doch immer den eines Hausmöbel, das zu seinem Vergnügen da war; und indem er mir einen Kuss gab — den ersten, den ich je von einem Mann empfing — fragte er mich, ob ich ihm Gesellschaft leisten wolle und dass es mich nicht gereuen sollte. Hätte sich auch meine eben geborene Liebe und meine Wollust einer so schnellen Ergebung gar nicht widersetzt, so tat es doch die Furcht, von jemandem aus dem Hause überrascht zu werden.

Ich sagte ihm daher in einem Tone, der meine Liebe wohl merken liess, dass ich aus Gründen, die jetzt zu erzählen keine Zeit wäre, nicht bei ihm bleiben könnte, ja ihn vielleicht nie wieder sehen würde, und ich seufzte bei diesen Worten aus der Tiefe meiner Brust. Mein Eroberer, der, wie er mir später sagte, von meiner Erscheinung verwirrt war und mich so lieb gewonnen hatte, wie das bei einer Person der Art wie ich eine zu sein schien, möglich war, fragte mich lebhaft, ob ich von ihm ausgehalten sein und dass er sofort eine Wohnung für mich nehmen wolle und mich von den Verpflichtungen befreien, die ich, wie er glaubte, gegen das Haus hatte. So rasch und plötzlich, wie der Antrag kam und so gefährlich wie er von einem Fremden war, gab doch die Liebe, die er in mir erregt hatte, seiner Stimme einen Reiz, dem ich nicht widerstehen konnte und der mich gegen jede innere Warnung taub machte. Ich hätte für ihn sterben können. Nun, Sie begreifen darum. dass ich der Einladung, mit ihm zu leben, nicht widerstehen konnte. So war mein Herz schon nach einigen Minuten zu der Antwort entschlossen, den Antrag anzunehmen und mit ihm zu entfliehen, auf jede Bedingung, die er machen würde, ob gut oder schlimm. Es wunderte mich später öfter, dass meine rasche Bereitwilligkeit mich ihm nicht unangenehm oder geringwertig machte; aber es war mein Geschick, dass er aus Angst vor den Gefahren der Stadt sich schon einige Zeit um ein Mädchen umgesehen hatte, das er zu sich nehmen wollte. Und wie ich nun solchen Eindruck auf ihn machte, geschah es durch eins der Wunder, die der Liebe vorbehalten sind, dass wir sogleich einig wurden: was wir durch Küsse besiegelten, mit denen er sich in der Erwartung eines ungestörten grösseren Genusses für jetzt begnügte.

Niemals besass ein junger Mann

in seinem ganzen Wesen mehr, das alle Betörung eines Mädchens entschuldigte und es allen Folgen daraus trotzen liess!

Unser Plan ging dahin, dass ich mich am nächsten Morgen um sieben Uhr wegstehlen sollte — was ich sofort versprach, da ich wusste, wo ich den Hausschlüssel bekommen konnte — und er wollte dann am Ende der Strasse mit einer Kutsche auf mich warten, die mich an einen sichern Ort bringen sollte; dann wollte er zu Frau Brown schicken und ihr die Kosten meines Aufenthaltes bezahlen; er glaubte, dass sie sich nicht viel um den Verlust eines Mädchens kümmern würde, das nur da wäre, um Kunden ins Haus zu locken.

Ich gab ihm hierauf zu bedenken, dass er mich niemals im Hause gesehen hätte, und dass ich ihm später alles erklären wollte; ich fürchtete, unser Fluchtplan würde vereitelt werden, wenn uns jetzt jemand zusammen träfe und somit riss ich mich mit blutendem Herzen von ihm los und stahl mich leise in mein Zimmer zurück; Phöbe schlief noch immer ganz fest, ich warf eilig meine wenigen Kleider ab und legte mich zu ihr; Freude und Angst waren in mir, was man sich eher vorstellen als ausdrücken kann.

Die Angst, dass Frau Brown meinen Plan entdecken möchte, die Angst vor fehlschlagenden Hoffnungen, Elend und Untergang, alles schwand hin vor meiner Liebe: mit dem Ideal meiner Träume, jungfräulichen Herzens zu leben, und wäre es auch nur für eine Nacht, das schien mir ein Glück, das mir mehr war als meine Freiheit und mein Leben. Er kann schlecht mit mir sein — soll er es sein! Er war der Mann! Glücklich, nur zu glücklich, den Tod von einer so geliebten Hand zu erleiden!

In solchen Gedanken verging mir der Tag, der mir eine Ewigkeit zu sein schien. Wie oft sah ich nach der Uhr, wie gerne hätte ich den langsamen Zeiger vorgerückt, als wenn das die Zeit vorgerückt hätte! Hätten die im Hause nur etwas auf mich Acht gegeben, sie hätten gewiss in meiner Unruhe, die ich nicht verbergen konnte, etwas Ungewöhnliches entdeckt; besonders da bei Tisch der reizende Jüngling erwähnt wurde. „Ach, er war so schön!“ „Ich hätte für ihn sterben mögen!“ „Sie werden sich um ihn reissen!“ so sprach man über ihn, was nur noch mehr Öl in mein Feuer goss.

Dieser Zustand, den ganzen Tag hindurch, brachte mir das Gute, dass ich vor Ermattung die ganze Nacht fest schlief, bis um fünf Uhr morgens; da stand ich auf, zog mich an und wartete mit doppelter Angst und Ungeduld auf die bestimmte Stunde; und endlich kam sie, die süsse, gefährliche Stunde, und ich ging von der Liebe ermutigt auf den Zehen die Treppe hinunter; meine Schachtel liess ich zurück, aus Angst damit entdeckt zu werden, wenn man mich damit sähe.

Ich kam an die Strassentür, deren Schlüssel immer auf dem Stuhl neben unserm Bett lag; Phöbe hatte so viel Vertrauen zu mir, dass ich ihr schon nicht durchgehen würde, was mir vorher wohl auch nicht eingefallen war. Ich öffnete die Tür ganz leise — meine Liebe schützte mich auch dabei — und kam auf die Strasse, wo ich meinen guten Engel an der schon geöffneten Kutschentür auf mich warten sah. Wie ich zu ihm kam, weiss ich nicht — ich glaube, ich flog zu ihm. In einer Sekunde war ich im Wagen und der Geliebte neben mir, und schlang die Arme um mich und küsste mich, während der Kutscher davon fuhr.

Ich weinte Freudentränen. Mich in den Armen dieses schönen Jungen zu fühlen, war ein Entzücken, das über die Kraft meines kleines Herzens ging. Vergangenheit und Zukunft waren vergessen. Das Gegenwärtige zu tragen, das war alles, was meine Kräfte gerade noch aushalten konnten. Von seiner Seite fehlte es nicht an den zärtlichsten Umarmungen und den süssesten Worten, dass ich seiner Liebe sicher sein solle und dass er mir keine Gelegenheit geben werde, den kühnen Schritt zu bereuen, den ich getan hätte, da ich mich ihm ganz auf Ehre und Grossmut ergab. Aber das war wahrhaftig nicht mein Verdienst, denn eine Leidenschaft, die ich nicht unterdrücken konnte, trieb mich zu ihm, und was ich tat, tat ich nur, weil ich nicht anders konnte.

In einem Augenblicke — so schien es mir — kamen wir bei einem Logierhause in Chelsea an, das für Duellpartien der Liebe bequem eingerichtet war; ein Frühstück mit Chokolade stand für uns schon bereit.

Das Haus gehörte einem alten drolligen Kerl, der sich auf das Leben vortrefflich verstand; er frühstückte mit uns, sah mich lustig an und wünschte uns beiden Glück; wir passten wirklich sehr schön zusammen, sagte er, und dass eine Menge edler Damen und Herren sein Haus besuchten, nie aber hätte er ein so hübsches Paar gesehen, und er wäre überzeugt, ich sei etwas ganz Frisches, ich sähe so ländlich unschuldig aus — und derlei sprach er noch mehr und alles in dem leichten scherzenden

Ton eines Gastwirts, was mich nicht nur beruhigte und mir gefiel, sondern auch meine Befangenheit vor meinem neuen Geliebten ganz verdrängte. Vor dem Jungen begann ich mich jetzt zu fürchten, da die Minute heranrückte, in der ich mit ihm allein sein sollte — eine Furcht, an der wahre Liebe grössern Anteil hatte, als jungfräuliche Schamhaftigkeit.

Es zog mich zu ihm, ich liebte ihn, hätte für ihn sterben mögen und doch, fürchtete ich, ich weiss nicht warum, den Augenblick, der mein heissester Wunsch gewesen war. Dieser Widerstreit der Leidenschaften, dieser Kampf zwischen Züchtigkeit und liebekranker Begierde machte, dass ich wieder in Tränen aufging; er aber glaubte, ich weinte über meine veränderte Lage und weil ich mich nun ganz ihm überlassen hätte, und so tat und sprach er alles mögliche, was mich trösten und aufrichten sollte.

Nach dem Frühstück nahm mich Charlie — diesen Namen will ich künftighin meinem teuern Adonis geben — mit einem eigentümlichen Lächeln bei der Hand und sagte: „Komm, Liebste, ich will dir dein Zimmer zeigen, das eine herrliche Aussicht in den Garten hat.“ Und ohne die Antwort abzuwarten, was mir sehr lieb war, führte er mich in einen luftigen hellen Raum, in dem an keine Aussicht als an die auf ein Bett zu denken war, das ganz aussah, als hätte es allein ihm das Zimmer empfohlen.

Charlie hatte schnell die Tür verriegelt, eilte auf mich zu, nahm mich in die Arme, hob mich auf und presste seine glühenden Lippen auf die meinen und legte mich zitternd, furchtsam, sterbend vor Begierde und in Tränen aufs Bett, wo seine Ungeduld ihm nicht Zeit liess, mich mehr zu entkleiden, als mein Halstuch aufzulösen, mein Oberkleid und die Schnürbrust.

Mein Busen war jetzt bloss und hob sich unter heftigem Herzschlag; seinen Augen bot sich ein Paar schwellender harter Brüste eines Mädchens von sechzehn Jahren, das eben erst frisch vom Lande gekommen und noch unberührt war; aber nicht ihre Weisse, ihre Form und ihre widerstrebende Härte konnten seine Hand fest halten, die frei umher schweifte; meine Röcke und mein Hemd waren bald aufgehoben und der stärkere Anziehungspunkt lag offen vor ihm; die Angst verursachte, dass ich ganz mechanisch meine Schenkel schloss, aber seine Hand stahl sich hinein, löste sie auseinander und eröffnete den Hauptangriff.

Während all dem lag ich offen seinen forschenden Augen preisgegeben, ruhig und ohne Widerstand, was ihn in seiner Meinung bestärkte, dass ich kein Neuling in diesen Dingen sei und weil er mich ja zudem aus einem öffentlichen Hause genommen hatte. Auch hatte ich nichts von meiner Jungfernschaft gesagt; hätte ich es getan, würde er sicher geglaubt haben, dass ich ihn für einen Dummen hielt, der diese Unwahrscheinlichkeit glauben sollte, dass ich noch im Besitze des verborgenen Schatzes wäre, nach dem die Männer so gierig aus sind und niemals finden, ohne ihn sofort zu vernichten.

Nun konnte er seine Ungeduld nicht länger meistern ; er knöpfte sich auf und führte seinen Liebessturmbock dahin, wo er die Bresche vermeinte. Ich fühlte zum erstenmal dieses steife hornartige Werkzeug, das da gegen meine zartesten Teile losfuhr. Aber denken Sie sich sein Erstaunen, als er nach verschiedenen herzhaften Angriffen, die mir sehr weh taten, fand, dass er nicht im geringsten vorwärts kam.

Ich jammerte ein bisschen, aber mit aller Zärtlichkeit: „Ich kann's nicht aushalten — Sie tun mir weh!" . . . Er aber dachte, dass meine Jugend und die Stärke seiner Maschine — wenige konnten ihm in diesem Punkte den Rang streitig machen — dieser Schwierigkeit Ursache wären, und dass mich wahrscheinlich einer besessen hätte, der nicht so gut beschlagen gewesen wäre wie er ; denn dass meine jungfräuliche Blume ungebrochen sein sollte, das kam ihm natürlich gar nicht in den Sinn und hielt er weder der Zeit noch der Mühe wert zu fragen.

Er machte einen zweiten Versuch, doch kam er auch dabei nicht weiter; er tat mir schrecklich weh; aber meine Liebe duldete ohne Seufzen; und aufs neue wiederholte er die vergeblichen Angriffe und fiel schliesslich vergehend neben mir aufs Bett, küsste mir die Tränen weg und fragte zärtlich, warum ich klage, und ob ich es von andern leichter ertragen hätte. Ich antwortete mit einer Naivheit, die überzeugen musste, dass er der erste Mann sei, der mir das antue.

Und Charlie glaubte, musste ja glauben, dass meine Jungfernschaft keine blosse Verstellung sei und so beruhigte er mich mit Küssen und bat mich, im Namen der Liebe ein wenig Geduld zu haben, und dass er mir so wenig Leides tun wolle als er sich selbst tun möchte.

Jetzt fing er seinen Angriff systematischer an: erst legte er ein Kissen unter mich, um seinem Ziel eine bessere Erhöhung zu geben, und ein anderes unter meinen Kopf, damit der bequem läge; hierauf breitete er meine Schenkel ganz weit auseinander, und dann legte er die Spitze seines Liebesschaftes an die Spalte, in die er den Eingang suchte: so klein war mein Sächelchen, dass er meinte, er sei am falschen Platz: er sah hin, befühlte und versicherte sich, dass er recht war. Und dann trieb er seinen Speer mit Ungestüm vorwärts und seine Steifigkeit brachte die Teile auseinander und gewann den Eingang. Als er dies merkte, trieb er seinen steifen Bolzen weiter zum Ziel, tiefer, tiefer drang er ein mit aller Kraft — und ich hätte laut schreien mögen vor Schmerzen. Aber ich wollte kein Aufsehen im Hause machen; ich hielt den Atem an, steckte meinen Unterrock, der etwas über meinem Gesichte lag, in den Mund und biss vor lauter Schmerzen darauf. Endlich gab das zarte Ding seinem harten nach, und er drang tiefer in mich ein, und seiner selbst nicht mehr länger mächtig, brach er nun in einer Art von Wut alles vor sich nieder und stiess seinen Schwanz, rauchend von jungfräulichem Blute, bis an die Wurzel hinein ... Jetzt ... jetzt ... verliess mich meine Fassung ... ich schrie laut auf und ward ohnmächtig; und nachdem er's vollendet und ihn wieder herausgezogen hatte, da floss, wie er mir nachher erzählte, ein Strom von Blut aus der Wunde und über meine Schenkel hin.

Als ich wieder zu Besinnung kam, fand ich mich ausgekleidet und zu Bett in den Armen meines süssen Räubers, der zärtlich klagend über mir hing und in der Hand ein Stärkungsmittel hielt. Meine Augen schwammen in Tränen und wandten sich schmachtend nach ihm, schienen ihm seine Grausamkeit vorzuwerfen und ihn zu fragen, ob sie der Lohn für meine Liebe sei. Charlie war ich nun teurer als vor geworden — wegen seines Triumphes über meine Jungfernschaft, die er ja nicht erwartet und die ihm solches Vergnügen bereitet hatte. Nun war er so liebevoll und aufmerksam um mich beschäftigt, liebkoste mich und beruhigte mich in meinem leisen Klagen, das doch mehr Liebe noch als Schmerz ausdrückte. Und aller Schmerz verschwand in meinem Glücke, in meiner Liebe zu ihm, der nun der Herr meiner Seligkeiten und meines Schicksals war.

Die Wunde war noch zu frisch, als dass Charlies gutes Herz meine Liebe einer neuen Probe hätte unterziehen wollen; da ich aber weder mich bewegen noch gehen konnte, so gab er Befehl, dass das Mittagessen mir ans Bett gebracht werden sollte. Kaum brachte ich einen Hühnerflügel hinunter und ein Glas Wein, hätte mich mein Liebster, der mir aufwartete, nicht dazu genötigt.

Nach dem Essen und nachdem alles bis auf den Wein abgetragen war, bat Charlie um die Erlaubnis — er hatte sie schon in meinen Augen gesehen — zu mir ins Bett zu kommen; er begann sich auszuziehen, was ich nicht ohne sonderbare Regungen von Furcht und Lust ansehen konnte.

Und nun war er bei mir im Bett;

ein Mann — der erste in meinem Leben und am hellen Tage. Er schob sein Hemd hoch, dann das meinige und legte seinen nackten, glühenden Leib auf den meinigen; welcher Schmerz, wie immer gross, kann sich mit einem so hinreissenden Vergnügen messen! Ich fühlte meine brennende Wunde nicht mehr, sondern schlang mich um ihn gleich einem jungen Weinstock, als wenn ich fürchtete, dass ein Teil von mir unberührt von ihm bleiben möchte. Ich erwiderte seine heissen Umarmungen und Küsse mit einer Heftigkeit, wie sie nur die wahre Liebe kennt und Wollust allein nicht geben kann.

Jetzt noch, da alle Tyrannei der Leidenschaft in mir vorbei ist und in meinen Adern ein kühles, ruhiges Blut fliesst, ergötzt und belebt mich die Erinnerung an diese Szenen, die meine Jugend am meisten bewegt haben . . .

Aber lassen Sie mich weitererzählen.

Mein schöner Junge glühte an mir, Leib an Leib, bis er nicht länger Herr seiner Begierden blieb, sanft seine Knie zwischen die meinigen schob, meinen Mund mit Küssen voll flüssigen Feuers bedeckte und einen zweiten Angriff wagte und sich einen Weg durch die zarte, zerrissene Scheide hindurch bahnte. Der Schmerz war nicht viel geringer als beim ersten Mal. Ich unterdrückte aber das Schreien und hielt aus mit der duldenden Stärke einer Heldin. Jetzt wurden seine Stösse heftiger, seine Wangen röteten sich dunkler, seine Augen glühten und ein vergehender Schauer kündigte die Ankunft jener höchsten Freuden an, die ich vor Schmerzen noch immer nicht teilen konnte.

Aber schon verdrängte einiger Genuss das Gefühl des Schmerzes, und als ich die kitzelnde Einspritzung des balsamischen Taues fühlte, kehrte meine ganze Leidenschaft zurück und der übermässigste Schmerz ward übermässigste Wonne: ich spürte die Lust aller Lüste, da der warme Strahl sich durch alle innern, entzückten Teile ergoss. Welche Freuden! Welche Wollust! wenn sich in schauerndem Taumel der süsse Strom ergiessen will, worin sich aller Genuss gleichsam versenkt und verbraucht, dass wir hinzusterben meinen in dieser Auflösung, die uns die Glieder strecken macht . . .

Wie oft hab ich mich in jenem köstlichen Zustand seligster Ermattung, der dem Ergusse folgt, gefragt, ob es wohl in der Natur ein Geschöpf gäbe, das glücklicher als ich jetzt wäre, sein könnte! Und was war alle meine Angst vor der Zukunft gegen den Genuss einer einzigen Nacht, die ich mit meinem jungen Geliebten verbrachte, der so ganz mein Herz und meine Sinne erfüllte . . . !

Wir brachten den ganzen Vormittag bis zum Abend in einer ununterbrochenen Reihe von Liebesgenüssen hin, in Küssen und allerlei verliebtem Getändel. Dann wurde das Abendessen aufgetragen. Karl hatte sich wieder angezogen und wartete mir auf, da ich im Bett blieb. Er ass mit sehr gutem Appetit und schien darüber vergnügt zu sein, dass mein Appetit nicht geringer war. Ich war in Gedanken an mein Glück so in Verzückung verloren, dass mir mein Leben um den Preis meines Ruins oder um die Gefahr, dass sich das alles ändern könnte, gleichgültig schien. Die Gegenwart war alles, was mein kleines Hirn fassen konnte. Spät am Morgen erwachte ich und machte mich leise aus den Armen meines Geliebten los, der noch in tiefem Schlaf lag; kaum wagte ich zu atmen, um ihn nicht zu wecken. Mein Haar, meine Haube, Hemd, alles war in Unordnung und ich brachte es wieder zurecht so gut es ging, während ich die Augen nicht von dem schlafenden lieben Jungen wandte. Der Schmerz fiel mir ein, den er mir verursacht, aber auch, dass das Vergnügen ihn reichlich gut gemacht hatte.

Jetzt war es heller Tag. Ich sass aufrecht im Bett, dessen Tücher von der Heftigkeit unserer Hitze zerknüllt durcheinander lagen. Ich versagte mir das Vergnügen nicht, die Gelegenheit auszunützen und mich an all den Schönheiten des Jünglings zu weiden, der da ganz nackend neben mir lag; denn sein Hemd war in die Höhe geschoben, so dass ich fast für seine Gesundheit fürchtete. Ich beugte mich entzückt zu ihm nieder und verschlang seine Reize mit den Augen; ich hätte mir hundert wünschen mögen statt meiner zwei, um den Anblick noch besser zu geniessen, den mir die herrlichste männliche Schönheit meines Geliebten bot. Nackt lag er da vor mir, die ich mich in all seine Schätze versenkte, staunend und in wachsender Erregung, dass es mir schwer wurde, nicht über den geliebten Leib meine Küsse regnen zu lassen. Und wie ganz anders sah die feuerspeiende Maschine aus, die gerade erst mit wilder Wut in mich eingedrungen und mich fast zerrissen hatte! Ganz friedlich lag sie auf einen Schenkel geneigt, mit halb enthülltem Haupt, und sah ganz unfähig zu der Grausamkeit aus, die sie an mir begangen hatte. Weiche kurze Locken ringelten sich um die Wurzel des weissen, weichen Schaftes und verdeckten fast den wunderbaren Schatzbeutel, der darunter lag . . .

Eine Bewegung meines Geliebten entzog meinen Blicken die Schätze, die ich eben bewundert hatte und ich legte mich nun leise wieder zu ihm. Meine Hand griff dahin, wo das Geschaute wieder einen mächtigen Aufruhr erregt hatte, und meinen Fingern öffnete sich von selbst ein bequemer Weg. Aber ich hatte nicht lange Zeit, über den Unterschied einer Jungfrau und den einer Frau Betrachtungen und Proben anzustellen, denn Charlie erwachte und kehrte sich mit der lächelnden Frage zu mir, wie ich geruht hätte.

Aber er wartete gar nicht meine Antwort ab und schon drückte er auf meine Lippen seine feurigen Küsse, die Flammen in mein Herz schossen und über meinen ganzen Körper, und schon warf er, als hätte er sich für den Anblick seiner nackten Schönheit, den ich ihm gestohlen hatte, rächen wollen, schnell die Bettücher ab, hob mir das Hemd auf und fing nun seinerseits an, alle die Reize zu beschauen, die die Natur mir gegeben hatte; und seine geschäftigen Hände liefen über jeden Teil meines Körpers. Die Festigkeit und Härte meines noch unreifen, aufknospenden Busens, die weisse Härte meines Fleisches, die Frische und Regelmässigkeit meiner Gesichtszüge, die Harmonie meiner Glieder — alles schien ihn glücklich und zufrieden zu machen. Aber nun wollte er neugierig sehen, was für Schaden er an dem zarten Ort seines hitzigen Angriffs angerichtet hatte und führte seine Hand dahin, nachdem er mir ein Kissen untergeschoben hatte, um besser zu sehen. Ich kann das Feuer nicht beschreiben, das aus seinen Augen blitzte, aus seiner Hand glühte. Stöhnen und Seufzen der Lust war alles Lob, das er sagen konnte. Und während dem war unter seinem Hemde der Speer wieder steif geworden, dessen höchste Kraft er nun meinen Blicken zeigte. Er schien sich selbst daran zu freuen und nahm lächelnd meine Hand und führte sie — ich widerstand kaum

— zu dem grössten Meisterstück der Natur.

Ich wehrte mich kaum; ich musste wenigstens fühlen, was ich nicht umspannen konnte: eine Säule von weissestem Elfenbein, durchzogen von ganz feinen blauen Adern, und das rote Haupt jetzt vollständig unbedeckt; kein Horn kann steifer und härter sein, und doch kein Samt dem Gefühle sanfter und weicher. Nun führte er meine Hand tiefer hinunter, dahin, wo die Natur ihren Vorrat für unser Vergnügen aufbewahrt und so geschickt befestigt und am Schwanze aufgehängt hat, dass man den ganz gut auch den Beutelträger nennen könnte. Hier liess mich Karl durch ihre weiche Hülle ein Paar rundliche Dinge fühlen, die darin schweben und jedem, auch dem sanftesten Druck zu entweichen scheinen.

Diese Berührung meiner weichen, warmen Hand hatte in diesen empfindlichen Teilen einen mächtigen Aufruhr erregt, und ohne weitere Vorrede, meine bequeme Lage benützend, stürmte Charlie von neuem dort, wo ich schon mit Ungeduld darauf wartete. Sofort fühlte ich das Steife in mich eindringen; die Lippen waren geöffnet; die Enge bereitete mir nicht mehr diese unerträglichen Schmerzen, und mein Liebhaber empfand nicht mehr Schwierigkeiten als zur Erhöhung seines Vergnügens dienlich waren: die umschliessende Umarmung einer zarten warmen Scheide legte sich anpassend um den Schwanz, der jetzt ganz in mich eingedrungen war und mich fast vor Lust um den Atem brachte; die tötenden Stösse, die Küsse, die fiebernde Lust — das konnte die Natur nicht lange aushalten; die gereizten und erhitzten Gefässe kochten bald über und strömten Feuer aus . . . So verging der Vormittag, und Frühstück und Mittagessen wurden eins.

In den ruhigen Zwischenpausen erzählte mir Charlie die Geschichte seines Lebens. Er war der einzige Sohn eines Vaters, der bei sehr kleinen Einkünften, die ihm seine Stellung einbrachte, dem Jungen nur eine sehr dürftige Erziehung geben konnte. Für ein Handwerk wollte er ihn nicht erziehen, sondern hatte sich vorgenommen, ihm eine Fähnrichsstelle in der Armee zu kaufen, dass heisst, wenn er das Geld dafür würde aufbringen können; keine bessern Absichten und Wünsche hatte dieser törichte Vater für seinen Sohn, einen viel versprechenden Jüngling. Er liess ihn in Müssigkeit heranwachsen und mannbar werden, ohne ihm auch nur die allergewöhnlichsten Warnungen vor den Lastern der Stadt und vor den Gefahren zu geben, die da auf den Unerfahrenen und Unvorsichtigen warten.

Der junge Mensch lebte bei seinem Vater, der sich eine Maitresse hielt und im übrigen nachsichtig und gütig gegen ihn war, so lange er kein Geld forderte; er durfte ausserhalb dem Hause schlafen so oft er wollte, liess jede Entschuldigung gelten, und selbst seine Verweise waren so harmlos, dass sie mehr Nachsicht gegen den Fehltritt als ernsthafter Vorwurf waren. Seinem Geldmangel half eine Grossmutter von seiten seiner verstorbenen Mutter, ab, die in den Jungen ganz verliebt war und damit nur noch mehr zu seinem Verderben beitrug. Die Grossmutter lebte von einer ansehnlichen Rente und gab jeden Schilling, den sie ersparen konnte, ihrem Liebling, was den Vater etwas verdross, da er fürchtete, dass sie ihm Charlie auf diese Weise entfremde; dass sie damit den ausschweifenden Lebenswandel des Sohnes begünstigte, das kümmerte ihn weniger. Die nachteiligen Folgen dieser niedrigen Eifersucht des Vaters zeigten sich nur zu bald.

Charlie war durch die verschwenderische Liebe seiner Grossmutter hinlänglich instand gesetzt, eine so leicht zu befriedigende Maitresse auszuhalten, wie ich es war, die ich ihn liebte und deren Schicksal es wollte, ihm gerade in den Weg zu kommen, als er eine Geliebte suchte.

Sein sanftes Gemüt und seine netten Manieren liessen ihn zu häuslichem Glück wie geschaffen sein; die grossen, glänzenden Eigenschaften des Genies hatte er nicht, dafür aber die bescheidenen eines lieben Menschen: einfachen, gesunden Menschenverstand, Grazie, Bescheidenheit und Gutherzigkeit; und diese Eigenschaften machten ihn, wenn auch nicht bewundert, so doch, was angenehmer ist, allgemein beliebt und geachtet. Da zuerst nichts sonst als seine Körperschönheit meine Augen auf ihn gelenkt und meine Leidenschaft gefesselt hatte, so hatte ich damals noch kein Urteil über seinen innern Wert, den ich erst nach und nach entdeckte, — in jenen ersten Tagen des Rausches und der Freude wäre mein Herz davon auch nicht bewegt worden. Aber ich will nun fortfahren, wo ich aufgehört habe.

Nach dem Essen, das wir in der wollüstigen Unordnung des Bettes zu uns genommen hatten, stand Charlie auf, nahm zärtlich Abschied von mir und ging in die Stadt, wo er mit einem tüchtigen Advokaten sich besprechen und mit dem zu meiner verflossenen ehrwürdigen Gebieterin gehen wollte, der ich erst tags zuvor entschlüpft war, und mit der er sich auf gute Art abfinden zu können hoffte.

Sie gingen also zu Madame Brown. Unterwegs fand aber der Advokat, der Charlies Freund war und die Sache nochmals überdachte, einen Grund, dem Besuche eine ganz andere Wendung zu geben: nämlich statt Genugtuung anzubieten, Genugtuung zu fordern.

Kaum waren sie eingetreten, hingen sich gleich die Mädchen vom Hause an Charlie, die ihn alle kannten; nicht etwa weil auf ihn ein Verdacht wegen meiner Flucht fiel, — ich war ganz früh Morgens entwichen und keine wusste, dass Charlie mich je gesehen hatte — sie umringten ihn nur nach der Huren Art des Werbens. Seinen Begleiter, den Advokaten, hielten sie für einen unerfahrenen Schöps. der aber allen Spässen bald damit eine Ende machte, dass er nach der alten Dame fragte, mit der er, wie er mit Amtsmiene erklärte, etwas in Ordnung zu bringen habe.

Nun wurde sofort Madame herübergerufen und nachdem er ersucht hatte, dass die Damen sich entfernten, fragte der Rechtsanwalt die Alte in strengem Ton, ob sie ein junges Mädchen kenne und unter dem Vorwand eines Dienstmädchens in dieses Haus gebracht hätte; das betreffende Mädchen sei eben erst vom Lande gekommen, hiesse Franziska oder Fanny Hill und sähe so und so aus.

Das Laster zittert vor der Gerechtigkeit, und Frau Brown, deren Gewissen ja meinetwegen nicht ganz sauber war, konnte doch, so gut sie sich auch auskannte und so sehr ihr auch alle Gefahren ihres Berufes vertraut waren, ihre Verwirrung nicht verbergen und das um so weniger, als der Advokat nun von Friedensrichter, Newgate, Oldbailey, Anklage über die Haltung eines unordentlichen Hauses, Pillary, und dem ganzen Prozess dieser Art zu reden anfing. Die Alte glaubte wahrscheinlich, ich hätte gegen sie und ihr Gewerbe eine Klage eingereicht, wurde blass und machte tausend Entschuldigungen und Beteuerungen ihrer Unschuld. Um es kurz zu sagen: sie brachte sofort meine Kleiderschachtel, wie als Beweis ihrer Unschuld, und zugleich aber auch eine Rechnung über alle Forderungen des Hauses an mich, zusammen mit den Unkosten einer Punschbowle, mit der die Sache gefeiert werden sollte, welche Bowle aber ausgeschlagen wurde. Charlie spielte während der ganzen Verhandlung den liebenswürdigen Gesellschafter des Advokaten, und stellte sich zu der ganzen Sache völlig uninteressiert; nebenbei hatte er aber auch das Vergnügen zu erfahren, dass alles das, was ich ihm erzählt hatte, vollständig richtig war. Die Angst der alten Kupplerin muss nicht gering gewesen sein, nach dem Vergleich zu schliessen, den sie so schnell einging. Phöbe, meine gütige Beschützerin Phöbe, war gerade nicht zu Hause, sonst wäre die Angelegenheit wohl nicht so schnell abgetan gewesen.

Die Unterhandlung mit der Brown hatte einige Zeit gedauert, die mir sicher noch länger vorgekommen wäre. so allein wie ich in einem fremden Hause war, wenn die Hausfrau, eine gute Person, der mich Charlie empfohlen hatte, nicht heraufgekommen wäre, mir Gesellschaft zu leisten. Wir tranken Tee, und was sie erzählte, vertrieb mir die Zeit ganz angenehm, weil Charlie unser Gesprächsstoff war. Als es aber Abend wurde, und Charlie doch schon hätte zurück sein müssen, wurde ich doch sehr unruhig, und jene zärtliche Furcht der Verliebten kam über mich, wie wir Frauen sie leicht empfinden.

Die Qual dauerte aber nicht lange und sein Anblick entschädigte mich reichlich dafür; die sanften Vorwürfe, die ich für ihn vorbereitet hatte, erstarben, bevor ich noch meine Lippen dazu öffnete.

Ich lag immer noch im Bett, war noch ausserstande ordentlich zu gehen; Charlie flog zu mir, nahm mich in seine Arme, die meinigen schlugen sich um ihn und nun erzählte er mir unter Küssen alles, was vorgefallen war.

Ich konnte mich des Lachens nicht enthalten, bei der Schilderung des Schreckens, der der Alten in die Glieder gefahren war; mir scheint, sie hat wohl gefürchtet, ich sei zu Verwandten geflohen, die ich in der Stadt aufgefunden hätte, und dass von daher der Angriff käme. Kein einziger Nachbar hatte, wie Charlie richtig vorausgesehen hatte, mein Verschwinden im Wagen bemerkt; auch im Hause hatte niemand Verdacht, dass ich Charlie gesehen oder gesprochen, nicht zu denken an eine Flucht mit einem gänzlich fremden Menschen. Man sollte immer die grösste Unwahrscheinlichkeit in den Kalkül ziehen.

Wir assen mit der ganzen Fröhlichkeit junger, verliebter und glücklicher Geschöpfe zu Nacht, und da ich Charlie mit Freuden mein ganzes künftiges Geschick übergeben hatte, dachte ich an nichts als an die unaussprechliche Wonne, ihm zu gehören.

Er kam bald ins Bett zu mir, und in dieser zweiten Nacht trank ich in vollen Zügen aus dem Becher der Wollust, denn meine Schmerzen waren vorbei. Ich schwamm, ich badete in Seligkeit, bis fester Schlaf uns beide umfing, die natürliche Folge befriedigter Begierden und gelöschter Flammen, und wir erwachten nicht früher als zu neuen Freuden.

Auf diese Weise lebten wir selig zehn Tage in Chelsea, während welcher Zeit Charlie sein Ausbleiben von zuhause unter irgend einem Vorwand entschuldigte und sich brieflich bemühte, mit seiner zärtlichen, nachsichtigen Grossmutter auf gutem Fuss zu bleiben; er brauchte ihre Unterstützung, um mich zu erhalten, — eine Last, die eine Kleinigkeit war gegen das, was ihn seine früheren Debauchen gekostet hatten.

Von Chelsea brachte mich Charlie in eine hübsch möblierte Privatwohnung in der D***strasse, St. James, wo er eine halbe Guinee die Woche für zwei Zimmer und ein Kabinett in der zweiten Etage bezahlte. Die neue Wohnung lag bequemer für seine häufigen Besuche als die erste, wo er mich eingemietet hatte und die ich nicht ohne

Traurigkeit verliess, da sie mir durch die ersten Nächte mit Charlie teuer geworden war und ich da jenen Juwel verloren hatte, der nur einmal verloren werden kann.

In meiner neuen Wohnung kam mir alles ausserordentlich schön vor, obgleich sie für den Preis gewöhnlich genug war; aber wäre es auch nur ein Loch gewesen, in das mich Charlie gebracht hätte — seine Gegenwart würde mir den schlimmsten Ort zu einem kleinen Versailles gemacht haben.

Die Hauswirtin, Frau Jones, kam uns aufzuwarten in unser Zimmer und machte uns mit ausserordentlicher Zungenfertigkeit auf alle Bequemlichkeiten der Wohnung aufmerksam: dass ihr eigenes Mädchen uns bedienen solle, dass die grössten Standespersonen bei ihr gewohnt hätten, dass die erste Etage an einen fremden Gesandtschaftssekretär und seine Frau vermietet sei, dass ich wie eine sehr gutherzige Dame aussehe — bei dem Worte Dame wurde ich vor geschmeichelter Eitelkeit rot.

Es war auch wirklich zu viel für ein Mädchen meines Standes, obgleich Charlie für bessere Kleider gesorgt hatte als die waren, in denen ich mit ihm durchgebrannt war, und er mich für seine Frau ausgab, die er heimlich geheiratet hätte und versteckt hielte — das gewöhnliche Märchen — seiner Verwandten wegen. Ich möchte schwören, dass die Frau, die die Stadt so gut kannte, kein Wort davon glaubte; aber es bekümmerte sie das gar nicht; wichtig war ihr nur der Profit aus ihren vermieteten Zimmern; die Wahrheit würde sie weder beleidigt noch den Miets-Kontrakt aufgehoben haben.

Eine Skizze ihrer Geschichte und ihres Bildes wird Sie beurteilen lassen, welche Rolle sie in meinen Angelegenheiten spielte.

Sie war etwa sechsundvierzig Jahre alt, lang, mager, rothaarig, mit einem Alltagsgesicht, wie man es allerorts trifft und an einem unbemerkt vorübergeht. In ihrer Jugend war sie von einem Herrn ausgehalten worden, der ihr und der Tochter, die sie von ihm hatte, vierzig Pfund jährlich auszahlte. Die Tochter hatte sie im Alter von siebenzehn Jahren, für eine nicht bedeutende Summe an einen Herrn verkauft, der als Gesandter an einen fremden Hof ging und sie, da er sie liebte, dahin mitnahm, aber unter der Bedingung, dass sie alle Beziehungen mit einer Mutter abbrechen müsse, die gemein genug war, mit ihrem eigenen Fleisch und Blut Handel zu treiben. Da diese gute Mutter aber keine natürlichen Empfindungen und keine andere Leidenschaft als den Geiz hatte, so schmerzte sie das nur insoweit, als ihr mit der Tochter das Mittel verloren ging, Geschenke zu erpressen, oder andere Vorteile aus dem Kauf zu ziehen. Sie war von Natur und Temperament für kein anderes Vergnügen als das, ein Vermögen anzuhäufen und scheute zu dem Zwecke auch kein Mittel: sie wurde geheime Unterhändlerin, zu der sie ihr ernstes, züchtiges Äussere sehr tauglich machte; sie vermittelte Heiraten, Geldgeschäfte und trieb geheimnisvolle Praktiken — kurz, es gab nichts, das sie nicht für Geld unternommen hätte. Dabei kannte sie alle Schlupfwinkel und Wege Londons, wie ihre Tasche. Aus ihrem Haus zog sie so viel Miete als möglich; obgleich sie beinahe drei- bis viertausend Pfund Rente besass, gönnte sie sich doch kaum die Notwendigkeiten des Lebens und nährte sich von dem, was sie ihren Mietlingen abbetteln konnte.

Kam ein junges Paar in ihr Haus, so dachte sie sicher zuerst, wie viel sie daraus Profit ziehen könnte, und missbrauchte mit jedem Mittel, das mit Geld möglich war, unsere Jugend und Unerfahrenheit.

In diesem vielversprechenden Heiligtum und unter den Augen dieser Harpye bauten wir unser Liebesnest. Es würde weder für Sie noch für mich sehr unterhaltend sein, wenn ich Ihnen alle die niedrigen Geldschneidereien und Mittel erzählen wollte, mit denen sie uns für gewöhnlich rupfte. Aber alles dies litt Charlie lieber geduldig, als dass er sich die Mühe nahm auszuziehen. Ein junger Mann kennt das Geld nicht, er hat keine Ahnung vom Sparen, und ich, ich war ein gewöhnliches Mädchen vom Lande, das von der Sache gar nichts verstand.

Hier verflogen mir, unter den Flügeln meines einzig Geliebten, die vergnügtesten Stunden meines Lebens; ich hatte meinen Charlie und mit ihm, was mein Herz wünschen und verlangen konnte. Er führte mich ins Schauspiel, in die Oper, auf Maskeraden und alle Vergnügungen der Stadt, was mir alles ausnehmend gefiel, aber doch mehr deshalb, weil er bei mir war; jedes Ding erklärte er mir, und es machte ihm sicher Spass, mein naives Staunen und Wundern zu sehen, was mich gar nicht kränkte.

Mir bewies dies deutlich die Macht und Herrschaft, die die Liebe über mich hatte, sie und nichts anders sonst, und wie ich nur für die Liebe geschaffen war und für keine andern Dinge dieser Welt.

Die Männer, die ich sah. konnten keinen Vergleich mit meinem schönen Geliebten aushalten, so dass ich mir nicht einmal in Gedanken eine Untreue vorzuwerfen hatte. Die Welt und alles, was nicht er war, waren mir nichts. Und so gross war meine Liebe, dass sie auch nicht die geringste Eifersucht aufkommen liess. Der blosse Gedanke daran machte mir solche Qual, dass mich meine Eigenliebe und die Furcht vor etwas, das mir wie der Tod vorkam, trieb, allem Trotz zu bieten. Und dann hatte ich ja auch keinen kleinsten Grund zur Eifersucht. Ich könnte Ihnen von manchen Frauen berichten, die mein schöner Charlie mir geopfert hat, — aber ich bin nicht mehr eitel genug, um diese alten Geschichten zu erzählen.

In den Pausen unseres Vergnügens nahm es Charlie auf sich, mich in einer Menge Angelegenheiten des Lebens zu unterrichten — ich war ja ganz unwissend — und kein Wort sprach mein lieber Lehrer vergebens, und das Lernen wurde nur von Küssen unterbrochen, die mehr sagten als alle Weisheit Ostens und Westens.

Und bald konnte ich zeigen, dass ich nicht nur gelernt und nachgeredet, sondern auch nachgedacht hatte. Das Bäuerische in Sprache, Haltung und Manieren legte ich unter der Lehre des Lehrers und des Lebens ab, angeeifert von meiner Liebe, meinem Geliebten von Tag zu Tag teurer zu werden.

Das Geld, das er bekam, brachte er mir und wollte nicht, dass ich ihm dafür einen Platz in meinem Schreibtisch einräume — alles sollte ich haben. Aber alle die Kleider anzunehmen, die er bringen liess, dazu konnte er mich nicht bewegen; mein Ehrgeiz ging da nicht höher hinaus als ihm durch grössere Nettigkeit in meinem Anzug zu gefallen. Die beschwerlichste Arbeit wäre mir ein Vergnügen gewesen, und ich hätte mir die Finger bis aufs Blut abarbeiten können, nur um ihn zu unterstützen; ich hätte den Gedanken, ihm beschwerlich zu sein, nicht ertragen können, und diese meine Uneigennützigkeit war nicht etwa gemacht, nein, sie war so ganz die Empfindung meines Herzens, dass Charlie es fühlen musste, auch wenn er mich nicht so sehr geliebt hätte wie ich ihn. Wer den andern mehr liebte, war übrigens der einzige Streit zwischen uns. Und war er doch ganz so, dass ich es sicher wusste, kein Mann könne zärtlicher, treuer und ergebener sein als er!

Frau Jones, unsere Hauswirtin, kam oft in mein Zimmer, da ich nie ohne Charlie ausging. Es dauerte nicht lange, da hatte sie es heraus, dass wir die Kirche um eine Zeremonie betrogen hatten, und wusste sie auch die Verhältnisse, unter denen wir lebten — was ihr gar nicht zu missfallen schien — und nur zu bald hatte sie Gelegenheit, was sie mit mir vor hatte, auszuführen. Einstweilen aber sagte ihr die Erfahrung, dass ein so festes Band, wie das unsere zu lockern oder aufzulösen, den Verlust zweier Mieter nach sich ziehen könnte, wenn sie einen von uns den Auftrag merken liesse, den sie von einem ihrer Kunden hatte: mich entweder zu verführen oder meinem Liebhaber wegzunehmen, koste es was es wolle.

Aber die Grausamkeit meines Sckicksals ersparte der Jones die Mühe, uns auseinander zu bringen. Fast elf Monatelang lebte ich in Glück und Freude, und nun musste ich erfahren, dass nichts, was so intensiv ist, lange Dauer hat. Ich war drei Monate von Charlie schwanger gewesen, ein Umstand, der seine Zärtlichkeit sicher noch vermehrt haben würde, hätte er Gelegenheit gehabt es zu zeigen — da fiel der tödliche Schlag der Trennung auf uns nieder. Ich will über die Einzelheiten rasch hinweg gehen, denn es schaudert mir noch heute davor, und ich begreife jetzt noch nicht, wie ich es überleben konnte.

Zwei Tage — eine Ewigkeit für mich — hatte ich nichts von Charlie gehört, ich, die ich nur durch ihn atmete, nur in ihm existierte, und noch keinen Tag gelebt hatte, ohne von ihm zu hören oder ihn zu sehen. Am dritten

Tag endlich war meine Aufregung so stark, dass ich ganz krank wurde und unfähig, es länger zu ertragen; ich fiel aufs Bett und klingelte Frau Jones, die mich die Zeit über nicht getröstet hatte. Sie kam herauf, und ich hatte kaum Atem und Leben genug, sie zu bitten, Mittel und Wege zu finden, um zu erfahren, was aus meinem Geliebten geworden war; sie bemitleidete mich auf eine Weise, die meinen Kummer nur noch erhöhte, und ging, um den Auftrag auszuführen.

Sie hatte gar nicht weit bis zu Charlies Haus; er wohnte ganz nah, in einer der Strassen, die nach Coventgarden führen. Hier schickte die Jones nach einem Dienstmädchen, deren Namen ich ihr angegeben hatte und das Auskunft geben konnte.

Das Mädchen kam alsbald und erzählt der Jones, dass der Sohn ihres Herrn — eben mein Charlie — tagszuvor London verlassen habe, wie es das ganze Haus wisse. Und das hätte der Vater zur Bestrafung seines Sohnes angeordnet, weil ihm die Grossmutter mehr gegolten habe als er selbst. Der Vorwand, unter dem der Vater die Fahrt als unumgänglich nötig hinstellte, war, dass es die Sicherung einer ansehnlichen Erbschaft gelte, die Charlie von seinem Onkel zugefallen sei, wovon er kürzlich Nachricht und eine Abschrift des Testaments erhalten habe. Der Vater hatte hinter seines Sohnes Rücken schon alle Vorbereitungen getroffen, einen Kontrakt mit dem Schiffseigentümer geschlossen, der Charlie nach Frankreich bringen sollte, kurz alles so heimlich und geschickt gemacht, dass Charlie, der ahnungslos an eine kleine Fahrt auf der Themse dachte, sich wie ein Verbrecher auf dem Schiff behandelt sah.

So war das Ideal meines Herzens von mir gerissen und zu einer langen Reise gezwungen, ohne dass er von irgend jemand Abschied nehmen oder eine Zeile des Trostes erhalten konnte, ausser einer kurzen Anweisung seines Vaters, dass er seine Ankunft mitteilen solle, und einige Briefe an französische Kaufleute. Alle diese Umstände habe ich erst einige Zeit später erfahren.

Das Mädchen sagte noch, sie sei sicher, dass, wie man ihren lieben jungen Herrn behandle, der Tod der Grossmutter sein würde, wie es denn auch wahr wurde; denn die alte Dame überlebte die Nachricht von der Entführung Charlies nur um einen Monat; und da ihr Vermögen in einer Rente bestand, von der sie nichts zurückgelegt hatte, so hinterliess sie ihrem Liebling nichts, was der Mühe wert war. Den Vater vor ihrem Tode zu sehen, hatte sie sich entschieden geweigert.

Als Frau Jones zurückkam und ich ihr Gesicht sah, glaubte ich, da es wenig mitleidig, ja fast vergnügt aussah, sie würde mich durch gute Nachrichten beruhigen. Aber wie grausam ward die Hoffnung getäuscht! Die Unglückselige durchbohrte mein Herz, wie sie mir gelassen das Schreckliche Stück für Stück erzählte, und dass er wenigstens auf vier Jahre — dies Wort betonte sie boshaft — weggeschickt sei und dass ich daher vernünftigerweise nicht erwarten könne, ihn je wieder zu sehen — und alles das erzählte sie so ausführlich und mit allen Umständen, dass ich ihr Glauben schenken musste, und im grossen Ganzen war es ja auch wahr!

Kaum hatte sie geendet, fiel ich in eine tiefe Ohnmacht, aus der ich in eine andere erwachte. Ich kam mit dem Liebespfand meines Charlie zu früh nieder. Aber der Unglückliche stirbt nie, wenn es gut für ihn wäre, und Frauen haben, wie das Sprichwort sagt, ein zähes Leben.

Die grausame und eigennützige Pflege der Jones stellte mich wieder her und mein mir verhasstes Leben war gerettet; statt der früheren Glückseligkeit und Wonne, hatte ich nun nichts als Elend, Grauen und bitteres Leid.

Sechs Wochen lag ich im Kampfe der Jugend und Gesundheit gegen die freundlichen Angriffe des Todes, den ich beständig als Erlöser anrief, der meine Bitten aber nicht erhörte; denn ich stand wieder auf, war aber in einem Zustande der Betäubung und Verzweiflung, dass ich meinte, ich würde darüber den Verstand verlieren müssen.

Aber die Zeit, die starke Trösterin, begann die Heftigkeit meiner Leiden zu lindern und mein Gefühl dafür abzustumpfen. Meine Gesundheit kehrte zurück, aber das Aussehen des Kummers, der Betrübnis und Ermattung behielt ich; das milderte die Röte meines ländlichen Teints und machte mein Gesicht feiner und anziehender.

Die Hauswirtin hatte mich die Zeit hindurch mit allem sorgfältig versehen und liess es mir an nichts fehlen. Wie sie aber nun sah, dass ich mich wieder in einem Zustand befand, der ihren Absichten mit mir entsprach, wünschte sie mir eines Tages, nachdem wir gerade gegessen hatten, zur Wiederherstellung meiner Gesundheit Glück — und das war die Vorrede zu einer schrecklichen und niederträchtigen Auseinandersetzung. „Sie sind jetzt, liebe Miss Fanny, wieder ganz wohl und mir sehr willkommen, wenn Sie so lange als es Ihnen gefällt, bei mir bleiben wollen. Sie wissen, ich habe diese Zeit über nichts von Ihnen gefordert, habe aber doch eine ziemliche Summe von Ihnen zu bekommen, für die ich eine Bürgschaft haben muss.“ Und damit gab sie mir eine Rechnung über rückständige Miete, Apothekerausgaben, Kost, Wärterin etc. etc., im Ganzen eine Summe von dreiundzwanzig Pfund, siebzehn Schillingen und einem Sixpence, die abzutragen ich in der ganzen Welt nicht vermochte, da ich nicht mehr als sieben Pfund hatte, wie sie wohl wusste, und die hatte Charlie zufälligerweise in unserer gemeinsamen Kasse gelassen. Und da fragte sie mich auch schon, wie ich denn diese Summe zu bezahlen gedächte. Ich brach in Tränen aus, erzählte ihr von meiner Lage und dass ich die wenigen Kleider, die ich hätte, verkaufen und den Rest so bald als möglich bezahlen würde. Aber meine Notlage entsprach ihren Absichten und so wurde sie nur umso hartherziger.

Sie sagte mir gelassen, dass sie ja an meinem Unglück sehr teilnehme, dass sie aber doch auch für sich zu sorgen hätte, so sehr es ihr auch ans Herz gehe, ein so junges, zartes Geschöpf ins Schuldgefängnis zu schicken. Bei dem Wort Gefängnis erstarrte jeder Tropfen meines Blutes, und mein Schrecken war so gross, dass ich blass wurde wie ein Verbrecher, der zum erstenmale den Ort seiner Hinrichtung erblickt. Meine Wirtin, die mich nur in Schrecken versetzen wollte und nicht in einen Zustand, der nicht ihren Absichten entsprach, lenkte sofort wieder ein und sagte mitleidig, fast zärtlich, dass es nur meine eigene Schuld sein würde, wenn sie zum äussersten greifen müsste, dass sie aber glaube, ich würde wohl noch einen Freund in der Welt finden, der die Angelegenheit zu unser beider Zufriedenheit in Ordnung bringen und dass sie ihn zum Tee heraufbringen würde, wenn sie hoffen dürfte, dass wir mit einander einig werden würden. Ich sagte kein Wort, sass stumm und betäubt, in Angst und Schrecken.

Frau Jones dachte wohl, dass es gut sei, das Eisen zu schmieden, so lange die Eindrücke noch stark bei mir wären, und so liess sie mich allein mit all den Schreckbildern meiner Phantasie, die der Gedanke an das Gefängnis in mir aufregte. Wie mich davor retten! Wie mich davor retten!

In diesem Zustande blieb ich wohl eine halbe Stunde, ganz in Kummer und Verzweiflung versunken, als meine Wirtin wieder hereinkam; als sie meine grosse Niedergeschlagenheit sah, tat sie, um ihren Plan weiter zu führen, sehr mitleidig, hiess mich guten Mutes sein, denn die Sache würde ja nicht so schlimm werden, als ich es mir vorstellte, wenn ich es nur mit mir selbst gut meinen will. Der Schluss war, dass sie einen sehr achtbaren Herrn gebracht habe, der mit uns den Tee trinken werde und der mir den besten Rat geben würde, wie ich aus dem Elend herauskommen könnte. Hierauf ging sie, ohne meine Antwort abzuwarten, und kam mit diesem sehr achtbaren Herrn zurück, dessen sehr achtbare Unterhändlerin sie wie bei vielen andern gewesen war.

Der Herr machte mir beim Eintritt eine sehr höfliche Verbeugung, die ich kaum Kraft oder Geistesgegenwart hatte zu erwidern. Da nahm es die Wirtin auf sich, die Honneurs unserer ersten Zusammenkunft zu machen — denn ich hatte ihn, so weit ich mich erinnern konnte, niemals vorher gesehen — bot ihm einen Stuhl an und setzte sich selbst auf einen andern. Die ganze Zeit wurde kein Wort geredet; ein einfältiges Vormichstarren war das ganze, was ich mit meinem Gesichte machen konnte.

Der Tee war fertig, und die Wirtin, die keine Lust hatte, Zeit zu verlieren, sagte, als sie mein Schweigen und mein blödes Aussehen dem sonderbaren Fremden gegenüber sah, in einem grob vertraulichen Tone: „Nun Miss Fanny, halten Sie doch den Kopf hoch, mein Kind! Was heisst das! Sorgen sind nur für kurze Zeit gut! Seien Sie doch heiter. Hier ist ein sehr achtbarer Herr, der von Ihrem Unglück gehört hat und Ihnen helfen will — Sie müssen besser mit ihm bekannt werden. Machen Sie mir jetzt nicht die Zimperliche, sondern handeln Sie, so lange es Zeit ist."

In dieser eben so feinen wie beredten Aufmunterung unterbrach sie der Herr, der wohl bemerkte, dass ich erschrocken und zornig aussah und unfähig war zu antworten. Er sah wohl, dass diese Art eher dazu führen würde, mich seinem Anliegen abgeneigt zu machen. Er wandte sich daher zu mir und sagte, er wäre von meinem Geschicke vollständig unterrichtet und dass die Umstände meines Malheurs sehr harte wären für eine Person von meiner Jugend und Schönheit; und er habe schon lange sein Wohlgefallen an mir gefunden, — dabei berief er sich auf Frau Jones — weil er aber gesehen habe, wie eng ich mit einem andern verbunden gewesen wäre, so hätte er alle Hoffnung verloren, bis er von dem plötzlichen Wechsel meines Schicksals gehört hätte; da hätte er der Hauswirtin ausdrücklichen Befehl gegeben, darauf zu sehen, dass es mir an nichts fehle; und wenn er nicht eine unaufschiebbare Reise nach dem Haag zu machen gehabt hätte, so würde er mir selber während meiner Krankheit aufgewartet haben — bei seiner gestrigen Rückkehr aber hätte er von meiner Wiederherstellung gehört und die Wirtin um ihre Vermittlung gebeten, ihn mit mir bekannt zu machen; er wäre aber sehr ärgerlich über die Art und Weise, wie sie ihm dieses Glück verschafft habe; um mir aber zu zeigen, wie sehr er ihr Benehmen missbillige, und wie weit er davon entfernt sei. aus meiner unangenehmen Lage Vorteil zu ziehen oder gar aus meiner Dankbarkeit sich Hoffnungen zu sichern, so wolle er auf der Stelle und vor mir die Schuld bei der Wirtin bezahlen und mir die Quittung geben, und dann sollte ich volle Freiheit haben, sein Gesuch anzunehmen oder abzuschlagen; er denke zu gross von mir, um meinen Neigungen irgendwie Gewalt anzutun.

Während er so sprach, wagte ich kaum ihn anzublicken; ich sah nur, dass seine Gestalt die eines gut aussehenden Herrn von ungefähr vierzig Jahren und dass er gewöhnlich angezogen war. Der Glanz von einem grossen Diamantring an seinem Finger fiel mir in die Augen, da er seine Hand, während er sprach, bewegte, wohl um mir damit grosses Erwarten von sich beizubringen. Kurz, er war, was man einen stattlichen Mann nennt, mit einem Air von Geburt und Rang.

Auf alles, was er sagte, antwortete ich nur mit Tränen, die mir zur Erleichterung notwendig waren, meine Stimme erstickten und mein Schweigen entschuldigten, denn ich wusste wirklich nicht, was antworten.

Mein Anblick rührte ihn, wie er mir später erzählte, auf eine unwiderstehliche Art und um mir etwas weniger Grund zur Trauer zu geben, verlangte er Feder und Tinte, die die Wirtin schon in Bereitschaft hielt, und bezahlte ihr auf den Heller jede ihrer Forderungen; ausserdem gab er ihr noch ein Geschenk, das er, ohne dass ich es wusste, dazulegte; die Quittung drängte er mir nun freundlich auf, schob sie mir in die Hand und die Hand in die Tasche.

Ich war noch immer in dem gleichen Zustand der Betäubnis und Verzweiflung, und schon hatte, ehe ich es bemerkte, die schlaue Wirtin sich aus dem Zimmer gedrückt und mich mit dem Fremden allein gelassen; aber es verursachte mir das gar keine Beunruhigung — ich war so leblos und gleichgültig gegen alles.

Der Herr war kein Neuling in diesen Sachen; er rückte näher an mich heran und trocknete mir, mich tröstend, mit seinem Taschentuch die Tränen ab, die mir über die Wangen liefen; und schon versuchte er es, mich zu küssen; ich widerstand nicht, willigte ein; ich sass ganz still, und da ich mich durch die vor meinen Augen geschehene Bezahlung als eine von vornherein Verkaufte ansah, so war es mir ganz gleichgültig, was aus meinem armseligen Körper wurde: ohne Leben, Kraft oder Mut, mich auch nur im geringsten zu widersetzen, selbst nicht einmal mit der unserm Geschlechte eigentümlichen Scham, litt ich alles, was dieser Mann mit mir vornahm, der unmerklich von Freiheit zu Freiheit ging, seine Hand zwischen Busen und Halstuch vergrub und da nach Lust herumwühlte. Und weil er gar keinen Widerstand fand, nahm er mich in die Arme und trug mich Leblose und Regungslose aufs Bett und legte mich sanft darauf nieder; und da er mich nun so nach seiner Bequemlichkeit hatte, verlor ich das Bewusstsein für das, was er an mir tat. Aus dieser Empfindungslosigkeit erwachte ich erst, als ich ihn in mir eingewühlt fühlte, während ich duldend und ohne Empfinden oder Vergnügen da lag — ein todtkalter Körper konnte kaum weniger

Leben haben als ich. Sobald er seine Leidenschaft gestillt hatte, stand er auf, brachte meine Kleider in Ordnung und bemühte sich mit der grössten Zärtlichkeit, die Stimme des Gewissens und der Sinnlosigkeit in mir zu ersticken, die mich befielen, als ich mich endlich bewusst auf diesem Bette und dem fremden Manne gegenüber fand; ich zerraufte mein Haar, rang meine Hände schlug mir auf die Brust. Meine ganze Wut hatte sich auf mich gerichtet, da ich glaubte, dass ich mir dem neuen Herrn gegenüber nichts herausnehmen dürfe; deshalb bat ich ihn auch mit mehr Unterwürfigkeit als Zorn, mich allein zu lassen, damit ich wenigstens meinen Schmerz in Ruhe geniessen könne; dies schlug er mir ab, aus Furcht, wie er sagte, ich möchte mir ein Leid antun.

Heftige Leidenschaften dauern selten lange und die der Frauen am wenigsten.

Eine todte Stille folgte diesem Toben, und ich zerfloss in einem Strom von Tränen.

Hätte mir noch ein paar Augenblicke zuvor jemand gesagt, dass ich je mit einem andern zu tun haben werde wie mit Charlie, ich würde ihm ins Gesicht gespuckt haben; oder hätte mir einer eine weit grössere Summe angeboten, als ich vorhin bezahlen sah, so würde ich das Anerbieten mit kaltem Blute zurückgewiesen haben. Aber Laster und Tugend hängen ganz von den Umständen ab: unerwartet umringt, mürbe gemacht durch bittere Betrübnis und betäubt durch die Angst vor dem Gefängnis, wird mein Fehltritt desto verzeihlicher sein, da ich in keinem Sinne daran Teil hatte. — Der erste Schritt ist entscheidend, und er war jetzt gemacht. Darum glaubte ich nicht länger ein Recht zu haben, einem Menschen Liebkosungen zu verweigern, der das einmal über mich gewonnen hatte, ohne darauf zu sehen, wie; und demnach betrachtete ich mich so in der Gewalt dieses Mannes, dass ich seine Küsse und Umarmungen litt, ohne Widerstreben oder Ärger zu heucheln, nicht weil ich darüber Freude empfunden oder Widerwillen besiegt hätte, nein, — was ich duldete, ertrug ich aus einem Gefühl der Dankbarkeit oder als notwendige Folge dessen, was geschehen war.

Er hatte jedoch so viel Achtung vor mir, dass er das äusserste nicht wiederholte; er fühlte sich sicher im Besitz und begnügte sich damit, mich nach und nach seinen Wünschen gemäss zu erziehen; er wartete auf die Zeit, da seine Freigebigkeiten und sein Werben Früchte tragen sollten, und er hat es sich später oft genug vorgeworfen, dass er die Früchte zu unreif gepflückt und seine Begierde an einem leblosen Körper befriedigt hätte. Das ist wahr, mein Herz hat ihm nie verziehen, auf welche Art ich ihm zuteil geworden, obgleich ich Ursache gehabt hätte, mich darüber zu freuen, da er in mir etwas gefunden hatte, das ihn hielt und das er nicht mehr so leicht verlassen konnte.

Inzwischen war es tiefer Abend geworden. Das Mädchen kam herein, um den Abendtisch zu decken, und ich sah mit Freuden, dass dabei meine Wirtin fehlte, die mir jetzt Gift geworden war. Es wurde ein hübsches Abendessen aufgetragen, dem eine Flasche Burgunder nicht fehlte.

Als das Mädchen draussen war, drang mein Herr darauf, dass ich mich in den Lehnstuhl ans Kamin setze und ihm beim Essen wenigstens zusehe, da ich jede Nahrung verweigerte. Ich gehorchte, mit Trauer im Herzen, da ich das liebe Zusammensein mit meinem Charlie und diesen zwangvollen Abend verglich.

Während des Essens suchte er nach allen Trostmitteln, mich mit meinem Schicksal auszusöhnen. Er erzählte, sein Name wäre H***, sein Bruder sei der Graf von L***, und dass er mich durch die Vermittlung meiner Wirtin gesehen, und mich so sehr nach seinem Geschmack gefunden habe, dass er ihr den Auftrag gab, mich ihm zu verschaffen, um welchen Preis auch immer; dass er es endlich erzielt hätte, und dass er so sehr glücklich wäre und auf das herzlichste wünsche, dass ich es ebenfalls würde und dass mich seine Bekanntschaft schon nicht greuen würde.

Mit gütiger Überredung brachte er es dahin, dass ich ein halbes Rebhuhn und drei bis vier Gläser Wein zu mir nahm; war es, dass dem Wein etwas beigemischt war, oder dass mir nur das gefehlt hatte, um mir die natürliche Lebhaftigkeit meines Temperamentes wiederzugeben — ich begann Herrn *** weniger unsympathisch zu sehen als bisher, wenn auch nicht die kleinste Spur von Liebe zu ihm in mir war. Jeder andere Mann, der unter diesen Umständen das für mich getan hätte, wäre mir gerade so recht gewesen oder so gleichgültig wie H***.

Es gibt keinen ewigwährenden Kummer. Der meine war, wenn auch nicht ganz ausgetilgt, so doch wie versenkt, und mein Herz, das so lange in Angst und Schmerz gelebt hatte, wurde wieder dem Vergnügen und der Zerstreuung zugänglicher. Ein wenig Weinen erleichterte mich, und ein Aufschluchzen schien mir eine drückende Last wegzuheben. Ich fühlte, wie mein Gesicht wenn auch nicht glücklich, so doch beruhigter auszusehen begann.

H*** hatte auf diese Veränderung gewartet, sie vielleicht bewirkt, und war zu klug, sie nicht auszunützen. Wie zufällig schob er den Tisch zwischen uns weg und setzte einen Stuhl hin. Er sprach zärtlich lieb zu mir und nahm meine Hände. Und schon küsste er mich und erlaubte sich alle Freiheit mit meinem Busen, der wegen meines Negligés ganz offen für ihn lag und sich jetzt nicht mehr aus Unwillen als mehr aus scheuer Furcht und Scham hob. Aber bald gab er mir mehr Grund des Sträubens, als er seine Hand über meine Strumpfbänder gleiten liess, den Weg wieder zu finden, den er vorhin so unverteidigt und offen vorgefunden hatte. Jetzt brachte er aber meine Schenkel nicht auseinander; ich wehrte sanft ab und bat ihn, mich zu lassen, sagte, dass ich nicht wohl sei, aber er glaubte, das sei blos von mir so getan und nicht mein Ernst. So stellte er mir also die Bedingung, dass er von mir lassen wolle, wenn ich gleich zu Bett ginge; in einer Stunde würde er zurück sein und hoffte, mich dann nachgiebiger zu finden. Ich sagte nicht ja und nicht nein, aber in meiner Art und meinem Aussehen war wohl etwas, das ihm sagte, ich hätte nicht Kraft genug über mich, um ihm etwas abzuschlagen.

Er ging, und kaum dass ich Zeit gehabt hätte, mich zu fassen und nachzudenken, kam das Mädchen und brachte auf einem silbernen Teller eine Schale: die Wirtin schicke da einen Brauttrank und bäte mich, ihn zu trinken, bevor ich zu Bett ginge. Kaum hatte ich ihn getrunken, so fühlte ich eine solche Hitze in mir, dass es mir wie Feuer durch den Körper lief; ich brannte und glühte, und sehnte mich nach einem Manne.

Als ich im Bett lag, nahm das Mädchen das Licht fort und ging mir gute Nacht wünschend aus dem Zimmer und schloss die Türe.

Sie war wohl kaum die Treppe hinuntergegangen, als Herr H*** die Türe öffnete, und nur mit Schlafrock und Nachtmütze angetan hereinkam, zwei brennende Kerzen in der Hand, was mich, obgleich ich es ja so erwarten musste, doch in Schrecken setzte. Er kam auf den Zehen ans Bett und sagte leise: „Ich bitte Sie, Liebe, erschrecken Sie nicht — ich will zärtlich und lieb gegen Sie sein“. Und nun warf er schnell seine Kleider ab und sprang ins Bett, wobei ich Gelegenheit hatte, seinen guten Bau, starke Glieder und eine vollbehaarte Brust zu sehen.

Das Bett knackte, als es diese neue Last aufnahm. Er lag vorne und liess die Lichter brennen, um auch die Augen zu befriedigen. Denn kaum hatte er mich geküsst, warf er die Bettdecke ab, und schien über den Anblick meines Leibes sehr entzückt und bedeckte ihn mit Küssen. Dann hob er, zwischen meinen Schenkeln knieend, sein Hemd auf und zeigte mir seinen steifen, strozzenden Speer mit der glühend roten

Spitze und schon fühlte ich ihn in mich eindringen, bis an die Wurzel. Und wie ich ihn fühlte! — Die heftigen Stösse riefen die Natur hinunter an ihren Lieblingsplatz, und sie weigerte sich nicht lange dahin zu kommen — alle meine Lebensgeister stürzten sich wie mechanisch nach diesem Mittelpunkt des Reizes, und ich verlor alle Zurückhaltung, überliess mich ganz dem Sturz der Bewegungen. Freudenschreie entbrachen meiner Brust und Seufzen und Stöhnen, denn ich war jetzt nichts als Weib und konnte meiner wahren Liebe keine Treue halten.

Und doch! Was war für ein unendlicher Unterschied zwischen den Gefühlen dieser ganz sinnlichen Liebe, die nur aus dem Zusammensein der Geschlechter kam, und jener süssen Wut, jenem Sturm tätiger Lust, die der Genuss jener Liebe kennt, in der zwei Herzen, die zärtlich miteinander vereinigt sind, sich noch enger verbinden, um ihre Freude noch zu erhöhen und ihr ein Leben zu geben, das kein Ende hat, da sie nicht an der Sättigung der blosen Begierde stirbt!

Herr H***, den solche Unterscheidungen nicht störten, gab sich zwischen jedem neuen Angriff kaum Zeit zum atemholen; es lag ihm wohl daran zu zeigen, dass seine Stärke nicht bloss ein Aushängeschild, sondern eine Thatsache sei, und so war er in wenigen Minuten wieder zu einem neuen Angriff bereit, den wieder ein Sturm von Küssen einleitete. Und so hielt er mich in unverminderter Hitze umarmt und immer aufs neue umarmt bis zum Morgenanbruch und liess mich die ganze Zeit die Stärke seines Schwanzes, die Breite seiner Schultern und die Strammheit seiner Muskeln fühlen — eine Männlichkeit, die eine Vorstellung von jener unserer alten, stattlichen Barone und Ritter gab, da sie noch die Streitaxt führten, und deren Nachkommen jetzt so ganz verzärtelt, verfeinert und verwässert sind, die so blass sind und so artig und so männlich wie — ihre Schwestern.

Herr H*** war mit sich zufrieden, als der Tag über seinem Triumph anbrach, und so überliess er mich dem erquickenden Schlaf, den er so nötig hatte wie ich . . .

Er war etwas früher aufgewacht als ich, aber er störte mich nicht in meinem Schlaf, erst als ich so nach zehn Uhr erwachte, musste ich wieder Proben seiner Mannheit hinnehmen.

Um elf Uhr erschien Frau Jones, mit zwei Schalen kräftigster Bouillon, die sie vortrefflich zu bereiten verstand. Ich übergehe die widerlichen Komplimente und Scherze dieser ehrbaren Kupplerin, mit denen sie uns einen guten Morgen wünschte. Wenn mir auch bei ihrem Anblick das Blut in Wallung kam, so beherrschte ich mich doch und dachte nichts sonst, als was die Folgen dieser neuen Verbindung sein würden.

Herr H*** merkte meine unruhigen Gedanken, aber er überliess mich ihnen nicht lange und sagte, dass er eine aufrichtige Zuneigung zu mir gefasst hätte und mir einen grossen Beweis dafür damit geben wolle, dass er mich aus dem Hause wegtue, das mir aus vielen Gründen verhasst sein müsse; er wolle mich in eine bessere Wohnung bringen, wo er alle Sorge für mich übernehmen würde; und bat mich noch, gegen meine Wirtin nicht ungebärdig zu sein und ihr nichts zu sagen, bis er zurückkomme. Hierauf zog er sich an und ging; erst gab er mir aber noch einen Beutel mit zweiundzwanzig Guineen, bis auf weiteres; — „es ist alles, was ich bei mir habe".

Sobald er draussen war, fühlte ich die gewöhnlichen Folgen dieses ersten Schrittes auf dem Wege des Lasters, denn die Liebesverbindung mit meinem Charlie war mir nie als ein Laster erschienen. Ich war ganz plötzlich vom Strom mitgerissen worden und war ohne Kraft, wieder zum Ufer zurück zu kehren. Meine Armut, das Gefühl der Dankbarkeit, und um die ganze Wahrheit zu gestehen, die Zerstreuung und das Vergnügen, das ich in dieser neuen Bekanntschaft fand — alles das betäubte meine ernsten Gedanken. Wenn ich jetzt an meinen ersten, einzigen Geliebten zurück dachte, so war es immer noch mit der Zärtlichkeit und der Sehnsucht innigster Liebe, nur von dem Bewusstsein verbittert, dass ich seiner nicht wert sei. Ich hätte mit ihm in die Welt ziehen und mein Brot erbetteln können — aber jetzt war ich eine Elende, eine Verlorene!

Wäre mein Herz frei gewesen, so wäre es vielleicht Herrn H*** zugefallen. Aber so gehörte es schon einem andern und Herrn H*** blieb nur mein Körper, dessen Reize übrigens der einzige Gegenstand seiner Liebe waren. Und weil das so war, blieb für die Zukunft nicht genug übrig, das zu einer sublimeren und dauerhaften Liebe hätte führen können. — H*** kam erst um sechs Uhr Abends wieder, um mich in meine neue Wohnung abzuholen; meine Sachen waren bald gepackt und in einen Wagen gebracht; der Abschied von meiner Wirtin machte mir wenig Schmerzen und auch sie selbst kümmerte sich jetzt wenig mehr um mich, da ja kein Gewinn mehr für sie zu holen war.

Bald waren wir an meinem neuen Wohnort angelangt; das Haus gehörte einem einfachen Kaufmann, der den ersten Stock sehr vorteilhaft an Herrn H***, für zwei Guineen die Woche, überliess. Die Räume waren sehr hübsch möbliert und ich war meine eigene Herrin mit meinem eigenen Mädchen zur Bedienung.

H*** blieb den Abend hindurch bei mir; wir liessen das Essen aus einem benachbarten Speisehaus holen, und nachdem wir gespeist hatten, brachte mich das Mädchen zu Bett. H*** gönnte mir trotz der Strapazen der vorigen Nacht keine Ruhe, sondern bestand darauf, die Honneurs der neuen Wohnung zu machen.

Sehr spät am andern Morgen standen wir zum Frühstück auf. Nun war die Zeit nicht mehr so mit der Liebe ausgefüllt und ich begann ruhiger zu werden und mich an den Kleinigkeiten freuen, mit denen mich Herr H*** beschenkt hatte — seidene Stoffe, Ohrringe, Perlen, Halsschnüre, eine goldene Uhr, kurz, alle diese Kleinigkeiten des Putzes und der Eitelkeit kamen in mein Haus und wurden mit einer Empfindung dankbarer Zärtlichkeit angenommen, einem der Liebe ähnlichen Gefühl, wenn auch nicht die Liebe selber — eine Unterscheidung, die das Vergnügen gar vieler Herren, die sich Maitressen halten, beträchtlich stören würde, wenn sie diese Unterscheidung machten, was sie aber, wie ich glaube, nicht tun.

Jetzt war ich eine in aller Form erklärte Maitresse, war gut logiert, gut mit Geld und allem Glanz und Putz versehen, der dazu gehört.

Herr H*** war immer zärtlich und gut gegen mich, und doch war ich gar nicht glücklich; nicht nur weil ich mich immer nach meinem teuern Geliebten sehnte, aber ich fühlte mich einsam und hatte das Bedürfnis nach mehr Gesellschaft und Zerstreuung.

H*** war mir geistig sehr überlegen,

was ich in meiner Dankbarkeit für ihn sehr nachteilig für mich empfand, denn es gab nur Achtung für ihn, aber nicht meine Liebe. Ich konnte keine andere Unterhaltung mit ihm führen als die des Liebesvergnügens, und die lässt doch viele Augenblicke übrig, in denen man nichts miteinander zu reden hat.

H*** war in Frauenangelegenheiten viel zu erfahren, als dass er das nicht bald hätte bemerken müssen; aber er besass den Takt der Nachsicht und liebte mich darum nicht weniger.

Er gab kleine Abendmahlzeiten bei mir, zu denen er Freunde mit ihren Maitressen mitbrachte, und ich hatte auf diese Weise bald einen Kreis von Bekanntschaften, in dem ich bald alle jene Reste von Blödigkeit und Schamhaftigkeit verlor, die mir noch von der Landerziehung her zurückgeblieben waren. Aber vielleicht waren gerade sie meine grössten Reize.

Ich besuchte meine neuen Damen-Bekannten wieder und kopierte wie sie alle Torheiten und Unverschämtheiten der Damen vom Stande so gut ich es konnte; keiner von uns fiel je ein, wie abgeschmackt und unwürdig das war.

Unter all den mir bekannten Maitressen — und es war, von ein paar ehrbaren Frauen, die verheiratet mit ihren Männern lebten, eine grosse Zahl — hatte ich nicht eine kennen gelernt, die ihren Liebhaber im Grunde nicht verabscheut und ihn betrogen hätte, sowie sich immer eine Gelegenheit dazu bot. Aber das hatte ich von ihnen noch nicht gelernt: ich blieb dem meinen treu. Auch verlockte mich nicht die kleinste Eifersucht zur Untreue, und seine beständige Freigebigkeit und Höflichkeit zwangen mich, ihn zu achten, wenn auch nicht zu lieben.

Dann hatte sich auch noch kein Gegenstand gefunden, der mir danach aussah, als ob er das Vergnügen, das ich an H*** gefunden hatte, überbieten könnte. Ich hatte die Aussicht, von seiner Grossmut eine hübsche Versorgung für mein Leben zu erhalten, als sich etwas ereignete, das all dem auf einmal ein Ende machte, was zu meinem Vorteil gewesen wäre.

Ich lebte bereits sieben Monate mit Herrn H***, als ich eines Abends früher als gewöhnlich von einem nachbarlichen Besuche nach Hause zurückkam. Ich fand die Haustüre offen, das Mädchen vom Hause stand mit einer Bekannten schwatzend davor, so dass ich, ohne klopfen zu müssen, hereinkam; während ich eintrat, sagte das Mädchen zu mir, dass Herr H*** oben wäre. Ich ging zuerst in mein Schlafzimmer, aus keinem anderen Grunde, als um meinen Hut abzulegen, bevor ich H*** im Speisezimmer begrüsste, in das aus meinem Schlafzimmer eine Türe führte. Während ich damit beschäftigt war, die Hutbänder zu lösen, glaubte ich die Stimme meines Stubenmädchens Hanna zu hören und ein Geräusch, das meine Neugierde reizte. Leise ging ich zur Türe, an der ein kleiner Ast aus dem Holz geglitten war, was mir es sehr bequem machte, die Szene zu beobachten, die hier gespielt wurde; da die Spieler sehr beschäftigt waren, so hatten sie mich nicht kommen und eintreten hören.

Das erste was ich sah, war Herr H***, der die derbe Bauerndirne nach einer Couchette hinzerrte, die in einer Zimmerecke stand; das Mädchen sträubte sich sehr bäurisch und schrie dabei so laut, dass ich es an der Türe hören konnte: „Ich bitte Sie, Herr, tun Sie's nicht . . . lassen Sie mich gehen . . . Sie können sich vor einem armen Mädchen nicht so erniedrigen . . . meine Gnädige kann nach Hause kommen . . ich darf wahrlich nicht . . . wenn Sie nicht aufhören, schrei ich . . ."

Alles das hinderte ihn nicht, sie an die Couchette hinzuschleppen und sie darauf grob mit einem leichten Stoss hinzuwerfen. Und da nun mein Gentleman schon die Hand an den Hauptsitz ihrer Tugend gebracht hatte, so dachte sie wohl, es hätte jetzt keinen Zweck mehr sich zu wehren, weil es doch umsonst sei. Er warf ihr die Röcke über das glühende Gesicht, und sah ein paar feste, kräftige Schenkel, die ziemlich weiss waren, und fand, nachdem er mit seinem Speer etwas manöveriert hatte, einen weit weniger schwierigen Eingang als er dachte. Die Person hatte, wie ich nebenbei bemerke, eines Kindes wegen ihre Stelle auf dem Lande verlassen. Alle Bewegungen des Herrn H*** deuteten darauf hin, dass er sich ganz bequem logiert fühlte. Nachdem es vorbei war, stand das Liebchen auf, schüttelte die Röcke herunter und brachte Schürze und Halstuch in Ordnung. Herr H*** sah etwas einfältig aus, gab ihr Geld und sagte mit einem ziemlich gleichgültigen Gesicht, sie solle ein gescheites Mädchen sein und nichts sagen.

Hätte ich den Mann geliebt, so hätte ich dieser Szene nicht so geduldig bis zu Ende zugesehen. Aber ich liebte ihn nicht, und nur mein Stolz war beleidigt, nicht mein Herz; ich konnte ihm zusehen, wie weit er es treiben würde, bis ich über nichts mehr im Ungewissen war.

Nachdem dieser weniger delikate Teil der Geschichte vorbei war, ging ich leise in mein Kabinett und dachte darüber nach, was jetzt tun; zuerst wollte ich hineinstürzen und den beiden Vorwürfe machen; bei einigem Nachdenken aber fing ich doch an, die guten Folgen davon, die mir auch gar nicht deutlich waren, zu bezweifeln, und fragte mich, ob es nicht besser wäre, meine Entdeckung bis auf eine gelegene Zeit zu verbergen; denn wenn Herr H*** mir wirklich das lebenslängliche Gehalt zuschreiben wollte, wie er es mir bereits gesagt hatte, befürchtete ich, er würde das ganze auf eine heftige Auseinandersetzung hin rückgängig machen. Dann schien mir die Sache doch wieder gar zu grob und gemein, als dass ich nicht auf Rache hätte denken sollen. Der Gedanke daran gab mir schon Ruhe, und der verworrene Plan, den ich davon im Kopfe hatte, machte mich so vergnügt, dass ich fürchtete, ich würde die Unwissende gar nicht spielen können, Wie ich mir das vorgenommen hatte.

Als ich mit all diesen Ueberlegungen zum Schluss gekommen war, stahl ich mich auf den Zehenspitzen an die Ausgangstür, schlug sie geräuschvoll, als wäre ich gerade erst nach Hause gekommen zu und öffnete nach einer kleinen Weile, in welcher ich ablegen konnte, die Tür zum Speisezimmer, wo ich die Dirne ganz in Hitze fand, und meinen treuen Schäfer, der im Zimmer auf und ab ging, kalt und gleichgiltig, als ob nichts geschehen wäre. Er konnte sich kaum rühmen, mich in der Verstellung zu übertreffen, denn ich ging mit demselben offenen Gesicht auf ihn zu, mit dem ich ihn stets empfangen hatte. Er blieb nur noch eine kurze Weile, entschuldigte sich, dass er den Abend nicht bleiben könne, und ging.

Das Mädchen verlor natürlich den Dienst; nach kaum achtundvierzig Stunden jagte ich sie wegen ihres unverschämten Benehmens davon. Und sie war auch wirklich wegen der Sache zwischen ihr und Herrn H*** unverschämt gegen mich. Ich nahm ihr schlechtes Benehmen als Vorwand, so dass Herr H*** es nicht missbilligen konnte und keinen Verdacht wegen der wahren Gründe hatte. Was aus dem Mädchen wurde, weiss ich nicht; sicher aber ist, dass der freigebige Herr H*** sie entschädigte, obgleich ich schwören könnte, dass er seit der Zeit keinen Umgang mehr mit ihr gehabt hatte, und dass das bloss eine Laune gewesen war, auf die ihn der Anblick einer gesunden, derben Bauerndirne brachte.

Hätte ich von Anfang an so vernünftig gedacht und mich damit begnügt, das Mädchen wegzuschicken, so wäre es für mich besser gewesen; so aber bildete ich mir ein, beleidigt zu sein, und glaubte, Herr H*** käme viel zu billig weg, wenn ich meine Rache nicht noch weiter triebe und ihn nicht mit gleicher Münze bezahlte.

Ich verschob denn auch diese würdige Tat gerechter Ausgleichung auf nicht lange, und es passte mir dazu sehr, dass Herr H*** — etwa vierzehn Tage war es her — den Sohn eines seiner Pächter zu sich in Dienst genommen hatte, der eben erst vom Lande gekommen und ein hübscher Junge war — kaum neunzehn Jahre, blühend wie eine Rose und von schöner Figur, kurz ein Mensch, in den sich eine Frau auch ohne meine Rachegedanken verlieben konnte, das heisst einer Frau ohne Vorurteile, die aber Verstand und Geist genug hat, das Vergnügen dem Stolz vorzuziehen.

Herr H*** hatte ihn in eine hübsche Livree gesteckt, und seine vornehmste Beschäftigung war, Briefe und Bestellungen zwischen seinem Herrn und mir zu besorgen. Die Situation einer ausgehaltenen Frau ist nicht geeignet, selbst dem gesellschaftlich niedrigsten Menschen Respekt einzuflössen, und so bemerkte ich bald, wie dieser Bursche, der von meinem Verhältniss zu seinem Herrn durch andere Bediente unterrichtet war, anfing, mir Augen zu machen, auf die blödeste naivste Art natürlich, die aber von uns Frauen angenehmer, rascher und lieber aufgefasst wird als jede andere Erklärung. Ich schien ihm zu gefallen, und er wusste in seiner Bescheidenheit und Unschuld nicht, dass die Freude, die er empfand, wenn er mich sah, Begierde und Liebe war; aber seine verliebten Augen sagten mehr als er sich auch nur zu denken erlaubte. Bis jetzt hatte ich auch nur die Artigkeit des Burschen bemerkt, nichts weiter, und mein Stolz schützte mich vor jedem anderen Gedanken, hätte nicht Herr H*** selber mir das böse Beispiel gegeben. Von da ab fing ich an, den Jungen als das Werkzeug für meine Rache an Herrn H*** anzusehen. Aber es wäre besser gewesen, ich wäre als seine Gläubigerin gestorben.

Um den Weg zu meinem Ziel zu ebnen, richtete ich es mehrmals so ein, dass der junge Bursche zu mir ans Bett geschickt wurde oder an den Toilettentisch, vor dem ich mich anzog. Ich entblösste da manchmal wie zufällig meinen Busen stärker als nötig war, ein nächstesmal ein hübsches Bein, wenn das Knieband gerutscht war, und ich mir nichts daraus machte, es wieder zu binden, um auf den Jungen damit den Eindruck zu machen, den ich für meine Absicht nötig hielt, — und den Eindruck merkte ich an dem Funkeln seiner Augen und dem Glühen seiner Wangen; auch einen leichten Händedruck bekam er, wenn ich ihm einen Brief abnahm, und dies und mehr tat seine prompte Wirkung.

Als er endlich im vollen Feuer war, ermunterte ich ihn noch durch Fragen, wie: ob er eine Geliebte hätte, — ob sie hübscher wäre als ich — ob er eine lieben könnte, die so aussehe wie ich, und so ähnliches. Er antwortete darauf errötend als die unberührte Unschuld und Einfalt vom Lande.

Als ich ihn für meinen lobenswerten Zweck gereift dachte, richtete ich es eines Tages so ein, dass er zu einer ganz bestimmten Zeit kam. Ich hatte alles wohl angeordnet. Er klopfte an die Tür zum Speisezimmer, ich liess ihn eintreten und hinter sich die Türe verriegeln was er auch tat. Ich lag der Länge nach auf derselben Couchette ausgestreckt, die Herr H*** für seine Schäferszene benützt hatte, in einem Negligee, das mit nachlässigem Raffinement in einer höchst reizvollen Unordnung war; ich hatte kein Schnürleibchen und nichts sonst Lästiges an. Der Junge blieb in der Nähe der Türe stehen, so dass ich mir ihn gut ansehen konnte: sein schwarzes Haar spielte in natürlichen Locken um sein frisches, blühendes Gesicht und war hinten in einen artigen Zopf gebunden; die ledernen Beinkleider schlossen fest an die kräftigen wohlgeformten Schenkel, die Waden ste kten in weissen Strümpfen, und die hübsche saubere Livree brachte die Schönheiten seines Körpers vortrefflich zur Geltung.

Ich befahl ihm, näher zu kommen und mir den Brief zu geben, und liess ein Buch fallen, das ich in den Händen hatte. Er wurde rot, kam heran und gab mir den Brief, während seine Augen nach meinem Busen schielten, der durch mein Negligee mehr enthüllt als verdeckt war.

Ich lächelte ihn an, und indem ich ihm den Brief abnahm, zog ich ihn an seinem Ärmel sanft zu mir nieder; er wurde noch röter und zitterte. Seine übergrosse Schüchternheit und Unerfahrenheit brauchten eine Aufmunterung. Sein Körper war nun vollständig über mich gebeugt, und während ich ihm das weiche, bartlose Kinn streichelte, fragte ich ihn, ob er sich denn vor einer Frau so sehr fürchte, und nahm seine Hand und drückte sie gegen meine Brust — mein Busen hob und senkte sich zitternd vor Begierde unter seiner Berührung. Nun fingen die Augen des Burschen zu glänzen an und über seine Wangen ging das tiefste Rot. Sprachlos vor Freude, vor Lust und Blödigkeit sagten mir seine Blicke und seine Bewegung hinreichend, dass mein Anschlag gelungen war und dass ich mich nicht zu fürchten brauchte, meine Hoffnung getäuscht zu sehen.

Meine Lippen stellte ich ihm in den Weg, und Küsse waren unvermeidlich; das setzte ihn in Brand und machte ihn kühner; mein Blick aber stahl sich nach jenem Teil der Kleidung, der den wesentlichen Gegenstand meiner Wünsche bedeckte, und da sah ich deutlich jenes verheissungsvolle Anschwellen, und nun konnte ich nicht mehr auf halbem Wege stehen bleiben. Ich war ausserstande, länger an mir zu halten und auf die allzulangsamen Fortschritte seiner jungfräulichen Blödigkeit zu warten; ich steckte meine Hand dorthin, wo sie einen steifen, harten Schwanz fühlen konnte, den die Beinkleider einsperrten; neugierig auf die Enthüllung dieses Geheimnisses, tat ich, als ob ich mit den Hosenknöpfen spielte, die fast abzuspringen drohten, und schon sprang die Klappe auf und heraus schoss, vom Hemd entblösst, o Staunen und Wunder! nicht das Spielzeug eines Knaben, nicht der Speer eines Mannes, sondern ein Maibaum von so ungeheurer Grösse, dass er, wenn es auf das Verhältnis angekommen wäre, einem jungen Riesen hätte gehören müssen. Diese Grösse versetzte mich in einigen Schrecken, aber ich konnte doch nicht ohne viel Vergnügen ein Ding von so ausserordentlicher Länge sehen und befühlen!

Und die herrliche Grösse dieses Liebesspeeres war meinen Augen nicht minder freudvoll, wenn auch ein wenig ängstlich zu sehen, als das harte und doch samtene Riesending in meiner Hand angenehm zu fühlen war. Und das Herrlichste von allem war, dass der Eigentümer dieses Naturwunders mit der Ausübung seiner herrlichen Mannheit noch völlig unbekannt war! Und nun war es mir zugefallen, ihn seinen ersten Versuch machen zu lassen, wenn ich die Gefahren dieser Maschine an meiner zarten Kleinheit riskieren wollte. Aber darüber nachzudenken war jetzt keine Zeit. Denn schon wagte es der nun sehr aufgeregte Junge, nichts mehr sonst fühlend, als den Trieb seiner Natur, mit seiner zitternden Hand unter meine Röcke zu greifen; und da er, wie ich wohl glaube, weder Widerstand noch Verbot in meinen Blicken merkte, so war er bald an dem Ort seiner Begierden und fasste ihn auch. Die Berührung seiner Finger gab mir den Rest, und alle Furcht verging vor der immer steigenden, schon unerträglichen Aufregung — meine Schenkel öffneten sich von selbst und seine Hand hatte alle Freiheit. Ein guter Augenblick gab meinen Röcken einen Wurf, und nun lag der Zugang da, zu offen, um verfehlt zu werden. Und schon lag er bei mir. Durch eine Wendung hatte ich mich unter ihn gebracht und mich seinen Angriffen ganz preisgegeben. Seine Maschine fand den Eingang noch nicht und schlug steif und wild gegen mich, bald über, bald unter, bald neben den Punkt, bis ich, ungeduldig und erhitzt von diesem aufregenden Spiel, den glühenden Schwanz nahm und dahin führte, wo mein junger Lehrling jetzt seine erste Lektion erhalten sollte — und so erreichte er endlich die warme, ach wie unzureichende Öffnung! Er war aber ganz dazu gemacht, keine Bresche zu eng zu finden, und die meinige war, wenn auch oft schon begangen, doch lange nicht weit genug, ihn bequem hineinzulassen.

Durch meine Führung war die Spitze seiner ungebärdigen Maschine vor die zarte Öffnung gebracht, als eine günstige Bewegung von mir einen gerade zu rechter Zeit kommenden Stoss von ihm begegnete, wodurch die Lippen meiner Fut, die stark ausgedehnt waren, dem Ungestüm von Schwanz nachgaben, und wir beide fühlten, dass er nun Quartier gefunden hatte. Nun stiess er tiefer und drängte sich bald mit heftigen, mich arg schmerzenden Stössen wenigstens so tief ein, dass er seinen Eingang nicht mehr verlieren konnte. Aber nun blieb er stecken und ich fühlte eine unbeschreibliche Mischung von Schmerz und Lust; gleich stark fürchtete ich mich vor seinem Weiterdringen wie vor seinem Sichzurückziehen; ich konnte es weder ertragen, ihn länger zu behalten, noch ihn zu verlieren; aber schliesslich bekam das Gefühl des Schmerzes die Oberhand, so dass ich leise ausrief: „Lieber, du tust mir weh'!“ und dies genügte, den zärtlichen Knaben selbst in seinem tollsten Lauf aufzuhalten; er zog sofort den süssen Gegenstand meines Schmerzes heraus, während seine Augen den Schmerz ausdrückten, mir weh' getan zu haben, und zugleich auch Verdruss, ein Quartier verlassen zu müssen, dessen feuchte Wärme und erregende Engigkeit ihm den Geschmack an einem Vergnügen gegeben hatten, das er zu befriedigen jetzt brannte, und das er sich doch versagen konnte, aus Furcht vor dem Schmerz, den er mir bereitet hatte — so sehr Neuling war er.

Ich selbst aber war durchaus nicht damit zufrieden, dass er auf mein Gestöhn so sehr Rücksicht genommen hatte. Denn ich war jetzt nur noch mehr für den Gegenstand entbrannt, der da vor mir stand, steil aufgerichtet, strotzend und unverhüllt und unbedeckt sein breites rotes Haupt zeigte. Also gab ich dem Jungen einen etwas anfeuernden Kuss, den er mir mit einer Heftigkeit wieder-

gab, die zugleich Dank und Bitte um fernere Gunst war. Und schon brachte ich mich in eine Position, bereit, jede Gefahr eines neuen Angriffes tapfer zu empfangen und er schob den auch keinen Augenblick länger auf. Schon bestieg er mich aufs neue, und ich fühlte wieder das so zarte und doch so harte Ding, das sich seinen Eingang suchte und diesmal leichter fand als zuvor. Wenn ich auch schon bei seinen erneuten Bemühungen Schmerzen litt, so hütete ich mich doch, zu klagen. Und schon gab die weiche, enge Strasse nach und dehnte sich so weit als möglich vor der steifen, fest hineingetriebenen Maschine. Aber da blieb sie vor Schmerz und wegen der Enge der Passage auf halbem Wege stehen und auch die grösste Anstrengung, tiefer einzudringen, brachte sie keinen Zoll weiter. Und während er da feststeckte, übermannte den Jungen die Lust: er spritzte, ehe ich selber so weit war, denn der Schmerz hielt den Erguss bei mir auf, der Schmerz, den ich bei den Stössen dieses Speers erlitt, der noch dazu erst zur Hälfte seiner Länge in mir war.

Jetzt dachte ich — ich wünschte es nicht — dass er ihn herausziehen würde, war aber höchst angenehm enttäuscht, als er sich nicht so schnell abfertigen liess. Der starke, aufgeregte Junge war jetzt dabei, mich meinen Reiter kennen zu lehren. Nach einer kleinen Pause erwachte er wie aus einer Verzückung, in der er das Bewusstsein verloren zu haben schien; mit geschlossenen Augen und kurzem schnellen Atem hatte er den Tribut seiner Jungfernschaft entrichtet, aber er blieb noch immer auf seinem Posten, noch ungesättigt und ganz in dieses ihm neue Vergnügen verloren, bis seine Steifigkeit, die kaum etwas nachgelassen hatte, wieder ganz da war, und er nun von neuem anfing, sich seinen Weg, den er noch nicht verlassen hatte, völlig zu eröffnen; die balsamische Einspritzung, mit der er gerade die ganze Strasse befeuchtet hatte, machte es ihm kaum etwas leichter. Nun aber verdoppelte er die brutale Kraft seiner Stösse, die ich durch meine Bewegungen geschickt unterstützte, und jetzt konnte die sanft geölte Festung nicht länger widerstehen, musste sich ergeben und das Tor öffnen; die Natur und meine Sorge halfen, und er drang und bohrte und gewann den Weg Zoll um Zoll und ein letzter Stoss brachte ihn bis an den Schaft hinein. Als er die enge Vereinigung unserer Körper, deren Haare an beiden Seiten sich ineinander lockten, spürte, funkelten dem entzückten Burschen die Augen und alles an ihm verriet das Übermass einer Lust, die ich jetzt endlich mit ihm teilen konnte. Ich war ganz krank vor Geilheit; über alle Massen aufgeregt von den wütenden Angriffen und Erschütterungen und bis zum Ersticken beladen, so lag ich nach Atem ringend, zitternd unter ihm, bis sein röchelndes Atmen, sein Stammeln, seine brechenden Augen und die zunehmende Steifigkeit seines Schwanzes mich Gloria rufen liess — die zweite Krise kam. Mein süsser Junge erstarb wollüstig in meinen Armen, und seine

Schauer gossen ihre Wärme in die innersten Winkel meines Körpers. So blieben wir einige Augenblicke ganz verschlungen, atemlos, unempfindlich gegen alles andere und an jedem andern Teil unserer Körper ausser diesem von der Natur so sehr begnadeten, in dem alles, was von Leben und Empfindung in uns war, jetzt zusammenfloss.

Nachdem sich diese Ekstase etwas gelegt hatte, zog der Junge seinen Lustspender heraus, und aus der erweiterten, verwundeten Passage floss ein Strom von Perlen, die meine Schenkel hinabliefen, weisse Perlen mit etwas Blut, dem Zeichen der Niederlage, die diese Maschine im Triumph über meine zweite Jungfernschaft dieser bereitet hatte. Ich nahm mein Taschentuch und trocknete mich da so gut ich konnte ab, während er sich wieder in Ordnung brachte und seine Beinkleider zuknöpfte.

Nun liess ich ihn bei mir niedersetzen, und da er jetzt Mut bekommen hatte, gab er mir ein reizendes Nachspiel des Vergnügens, in den natürlichen, naiven Ausbrüchen der Freude und zärtlichen Dankbarkeit für die neuen Quellen der Wonne, die ich ihm eröffnet hatte. So neu waren sie ihm, dass er vorher auch nicht die mindeste Kenntnis von dem geheimnisvollen Zeichen, das die Geschlechter unterscheidet, gehabt hatte, obgleich kein Mensch auf der Welt besser dafür eingerichtet war, in seine tiefsten Verborgenheiten zu dringen, als dieser Junge. Da ich an gewissen Bewegungen, an einer gewissen Unruhe seiner Hände, die so sonderbar umherstreiften, merkte, dass er sich sehnte, seine natürliche Neugierde zu befriedigen, die Dinge zu sehen und zu befühlen, die seine Sinne so an sich zogen, so litt ich es mit Vergnügen, dass er seine Begierden und Launen an mir stillte und liess ihn nach Gefallen an mir tun.

Er las die Erlaubnis in meinen Augen, und es machte mir kaum weniger Vergnügen als ihm, als er nun seine Hand unter meine Röcke brachte und mir das Hemd langsam aufhob und so das letzte Hindernis für seine Augen beseitigte.

Mit tausend Küssen suchte er meine Aufmerksamkeit von seinem Tun abzulenken. Meine Kleider hatte er nun glücklich bis an die Taille hinaufgeschoben, und ich gab mir auf der Couchette eine Lage, die ihm den vollen Anblick des Sitzes der Wonne und seiner bezaubernden Umgebung bot. Er verschlang, was er sah, mit brennenden Augen und versuchte mit seinem Finger die Geheimnisse dieser dunkeln und zauberhaften Tiefe noch weiter zu ergründen. Er öffnete die Schamlippen, deren Zartheit seinem Finger den Eingang erlaubte und sich dicht um ihn schlossen und das weitere dem Auge verwehrten. Er fühlte weiter und stiess zu seiner Verwunderung auf jenes kleine Schwänzchen, den Kitzler, der nach dem letzten Genuss etwas matt war, aber nun unter der Berührung und Untersuchung seiner flebrigen Finger sofort steifer und grösser wurde, bis die Aufregung mir einen Seufzer auspresste. Er glaubte, er hätte mir weh getan, zog sofort seine neugierigen Finger zurück, und bat mich unter Küssen um Verzeihung. was mich nur noch mehr erregte.

Das Neue macht immer den stärksten Eindruck, besonders in der Wollust. Kein Wunder also, dass er ganz in entzücktes Staunen versunken war, über Dinge, die schon durch ihre Natur anziehend sind und die er nun zum erstenmale sah. Ich selbst war mit meiner Lust daran mehr als belohnt für das Vergnügen, das ich ihm damit machte, dass er alle meine geilen Schönheiten nackt und offen vor sich und seinen kühnsten Wünschen geneigt sah. Seine Augen strömten Feuer, seine Wangen glühten im tiefstem Rot und er stöhnte, während seine zuckenden Hände meine Schamlippen drückten, sie öffneten oder sich in dem Moos der Haare verloren. Und alles an ihm verriet das Übermass der Freude und höchsten Wollust, in die ihn die Befriedigung seiner geilen Wünsche versetzte. Aber er missbrauchte nicht lange so meine Geduld. Von allem was er sah und fühlte erregt, zog er aufs neue seine furchtbare Maschine hervor und liess sie wütend nach dem schwellendem Munde hinschiessen, der ihm stummen Trotz bot; die Spitze drang ein, mit frischen Kräften stiess er nach, brach ein und überpflügte die ganze weite Passage aufs neue und setzte noch einmal alles in mir in einen Aufruhr, der nur durch den heftigen Erguss aus seiner Feuermaschine gestillt werden konnte.

Ich war jetzt so abgearbeitet, zerschlagen und erschöpft, dass ich mich kaum bewegen oder aufstehen konnte, sondern zitternd dalag, bis die Hitze meiner Sinne allmählich abnahm und die Zeit gekommen war, wo ich den köstlichen Jungen fortschicken musste. Ich erinnerte ihn zärtlich daran, dass wir uns nun trennen müssten und mir das so wenig Vergnügen bereite wie ihm, der heisse Lust zu haben schien, das Feld zu behaupten und eine neue Aktion vorzunehmen. Aber die Gefahr war doch zu gross und nach einigen herzlichen Abschiedsküssen und der Ermahnung klug zu sein zwang ich mich selbst, ihn hinweg zu zwingen, mit der Versicherung, ihn sobald als nur möglich wiederzusehen. Ich steckte ihm eine Guinee in die Hand und sagte ihm, er solle nicht durch Verschwendung einen Verdacht auf sich lenken. Ich hatte die gefährliche Unachtsamkeit dieses jungen Alters zu fürchten, und wir mussten uns sehr inachtnehmen.

Ganz berauscht von diesen ersättigenden tiefen Zügen aus dem Becher des Vergnügens blieb ich auf der Couchette lang hingestreckt liegen, in jener süssen Mattigkeit, die so angenehm durch alle Glieder gleitet. Ich freute mich auch darüber, mich so nach Herzenslust gerächt zu haben und das auf so leichte, angenehme Art und auf demselben Platze, wo ich meine vermeintliche Beleidigung erlitten hatte. Der Gedanke an Folgen, die daraus entstehen könnten, beunruhigte mich gar nicht, und ich machte mir auch keine Vorwürfe, dass ich mich durch diesen Schritt in eine Klasse von Frauen begeben hatte, die mehr verrufen als verkommen ist. Ich würde es für Undankbarkeit gegen das genossene Vergnügen gehalten haben, wenn ich's hätte bereuen wollen, und da ich nun schon einmal über den Graben gesprungen war, so dachte ich, dass wenn ich mich nur Hals über Kopf in den Strom stürzte, alles Gefühl von Scham und alles Nachdenken darüber darin ersäuft würde.

Während ich mir so Lobenswertes vornahm und mir ein stillschweigendes Gelübde grosser Unenthaltsamkeit machte, kam H***. Das Bewusstsein von dem, was ich soeben getan hatte, färbte die glühenden Wangen noch etwas tiefer, was mir im Verein mit meinem reizenden Negligee von Herrn H*** ein Kompliment über mein entzückendes Aussehen eintrug. Als er nun sein Kompliment durch eine Tätigkeit wahr machen wollte und sehr hitzig darin wurde, zitterte ich vor der Entdeckung die er doch machen musste, denn alles war noch so erhitzt, meine Muschel so erweitert, die Lippen geschwollen, die Locken feucht, kurz, all das würde von einem Manne von der Erfahrung des

Herrn H*** bemerkt und die wahre Ursache erraten worden sein. Hier aber rettete mich das Weib: ich gab heftige Kopfschmerzen und Fieberhitze vor, die mir seine Umarmungen unmöglich machten. Er fiel darauf herein und stand gutmütig ab. Bald darauf kam eine alte Dame zu Besuch, was mir sehr gelegen war, und Herr H*** verliess mich, nachdem er mir noch empfohlen hatte, für meine Gesundheit ja zu sorgen und mich zur Ruhe zu legen.

Vor Schlafengehen nahm ich ein warmes Bad von aromatischen Kräutern, in dem ich schwelgte und mich erquickte und aus dem ich wollüstig an Geist und Leib gestärkt herausstieg.

Am folgenden Morgen erwachte ich ziemlich früh nach einem wunderbaren Schlaf, aber doch nicht ohne etwas Furcht vor gewissen Veränderungen, die mein zartes Fütchen durch die heftigen Stösse einer zum Verderben gemachten Maschine erlitten haben möchte.

Vor Angst wagte ich kaum meine Hand dahin zu bringen, um mich selbst von der Lage und dem Zustande der Dinge zu unterrichten.

Bald wurde ich jedoch höchst angenehm meiner Furcht entledigt.

Das seidene Haar, das den Rand umschattet, war wieder weich geworden und fiel in seinen gewöhnlichen Locken; die vollen Lippen, die am meisten dabei zu tun hatten, waren nicht mehr geschwollen oder nass und hatten auch durch die Ausdehnung nicht gelitten; sie zeigten nicht die geringste Veränderung, auch nicht der sorgfältigsten Untersuchung, bis auf eine kleine Schlaffheit wegen des warmen Bades.

Die Fortdauer jener angenehmen zusammenziehenden Kraft, die das höchste Vergnügen für die Männer ist, verdanke ich, wie mir scheint, der guten Muskulatur jener meiner Teile, einer Fülle von elastischem Fleische, das jeder Ausdehnung hinlänglich nachgibt und sich doch wieder ganz eng zusammenzieht, das jeden fremden Körper aufnimmt, umarmt und umschliesst, wovon allem mich mein forschender Finger belehrte.

Wie ich so alles wieder in schönster Ordnung fand, musste ich über meine Befürchtungen lachen. Jetzt war ich durch die Erfahrung überzeugt, dass ich für jeden Mann gemacht sei, und über die zweifach erreichte Absicht, Rache und Vergnügen, triumphierend, überliess ich mich nun allem Nachgenuss der Wonne, in der ich geschwelgt hatte. Ich lag, über und über glühend, ausgestreckt vor Ungeduld mich herumwerfend und lechzend nach der Wiederholung jener Freuden, die mir in solchem süssen Übermass gestern zuteil geworden waren. Meine Sehnsucht ging auch nicht eher von mir, als bis um zehn Uhr morgens, wie ich erwartet hatte, Will, mein artiger süsser Liebling, mit einer Bestellung seines Herrn kam, der sich nach meinem Befinden erkundigen liess. Ich hatte dafür gesorgt, dass mein Mädchen auf weitläufigen Besorgungen in der City war, und von den Leuten aus dem Hause hatte ich nichts zu befürchten, denn das waren Menschen, die klug genug waren, sich nicht mehr um anderer

Leute Dinge zu kümmern als durchaus nötig war.

Ich empfing meinen kleinen Liebsten im Bette und verschloss nach seinem Eintritt mit einen Riegel, den ich an einem Drahte vom Bett aus zog, die Tür.

Es fiel mir sofort auf, dass mein Kleiner geputzter war, als ich von seiner Stellung erwarten konnte: eine Begierde zu gefallen, die mir nicht gleichgiltig war, weil sie mir bewies, dass ich ihm gefallen hatte.

Sein Haar war hübsch frisiert und er hatte saubere Wäsche an. Aber was war das gegen diese blühende Gesundheit des Bauernjungen! Das allein machte ihn zu dem reizendsten Gegenstand für die Begierde einer Frau, und ich würde eine jede für geschmacklos gehalten haben, die da nicht zugegriffen hätte, sich nicht von dem Jungen hätte vögeln lassen, den die Natur für die Gabe höchster Wonne bestimmt zu haben schien.

Und weshalb soll ich das Vergnügen verschweigen, das mir dieser liebenswürdige Bursch machte, da ich jeden kunstlosen Blick bemerkte, jede Regung der reinen unverstellten Natur, die seine lebhaften Augen verrieten, — ja selbst sein bäuerischer, steifer Anstand ermangelte nicht einer eigentümlichen Grazie. Aber, höre ich Sie sagen, das war doch schliesslich ein Mensch von zu niedrigem Stande, als dass er eine so umständliche Beschreibung verdiente! Dem mag so sein. Aber wenn ich auch wirklich über ihm gestanden, hob ihn nicht die Fähigkeit, mich in so hohem Grade anzuziehen, zu mir herauf? Mag wer will Künstler nach dem Grad des Vergnügens, das sie einem bereiten, lieben und lohnen, in meinem Alter und mit meinem Geschmack am Vergnügen der Liebe und mit meinem Temperament gebe ich das grösste Verdienst dem Talent, mit dem die Natur einen hübschen Mann versieht. Daneben sind Titel und Würden nur von sehr geringer Bedeutung. Man würde die Körperschönheit nicht so tief schätzen, wenn sie käuflich zu haben wäre. Meine höchst natürliche Philosophie ist nichts als sinnliche Empfindung. Mich regiert der starke Instinkt, meine Lust am rechten Orte zu suchen, und so konnte ich keine Wahl treffen, die meinem Verlangen gemässer hätte sein können.

Herrn H***'s Vorzüge der Geburt, des Vermögens und des Verstandes hielten mich unter einer Art Unterwürfigkeit und Zwang, und das hindert die Liebe.

Auch hielt er mich vielleicht nicht für wertvoll genug, diese seine Überlegenheit vor mir zu verbergen. Aber dieser Junge war mir gleich und ich ihm, und das ist der Liebe lieber. Wir mögen sagen was wir wollen, sicher ist, dass wir mit denen am freiesten und angenehmsten leben, die uns am meisten gefallen, ich will nicht einmal sagen, am meisten lieben.

Bei diesem Jungen, dessen ganze Liebeskunst in der Handlung selbst bestand, konnte ich ohne Rückhalt und scheue Achtung allen meinen Begierden die Zügel schiessen lassen und jede Laune befriedigen, die mich ankam. Mein grösstes Vergnügen bestand jetzt darin, allen Mutwilligkeiten und wollüstigen Einfällen eines Neulings nachzugeben, dessen Gefühl für die Liebe noch gar nicht abgestumpft war.

Er näherte sich meinem Bette, und während er seine Bestellung herstotterte konnte ich sein Rotwerden und seine leuchtenden Augen sehen; meine Lage war auch seinen wollüstigsten Wünschen so günstig, als ob er das Spiel vorher bestellt hätte.

Ich lächelte und gab ihm meine Hand, die er mit Feuer küsste, wobei er niederkniete, eine Höflichkeit, die ihn nur die Liebe, diese grosse Lehrmeisterin, gelehrt hatte. Nach ein paar konfusen Reden fragte ich ihn, ob er für die kurze Zeit, die ich ihn bei mir behalten dürfe, zu mir ins Bett kommen wolle. Das hiess einen vor Hunger sterbenden Menschen fragen, ob er sein Lieblingsgericht essen wolle, das da für ihn aufgestellt sei. Ohne sich weiter zu bedenken, warf er in einem Augenblick alle seine Kleider ab, und kam noch tiefer errötend zu mir unter die Bettdecke, die ich aufgehoben hatte, und nun war er das erstemal im Leben mit einer Frau im Bett.

Er begann mit den gewöhnlichen zärtlichen Vorspielen, die vielleicht ebenso lustvoll sind als der Schlussakt des Genusses, zu dem sie die Ungeduld wecken, die das Vergnügen sich selbst zerstören macht. Nachdem wir durch Küssen, Streicheln und durch Befühlen meiner Brüste, die jetzt rund und hart waren, uns langsam der Hauptsache genähert hatten, befühlte er jetzt das an mir, was ich wegen seiner unmässigen Hitze, die seine Finger mir da erregten, ein kleines Ofenloch nannte. Jetzt nahm mein junger Jäger, dreist gemacht durch jede erlaubte Freiheit, die er sich wünschen konnte, mutwillig meine Hand und führte sie zu dem Liebesbaum, der da hart und steil und ungeheuerlich aufragte. Der Umfang dieser Liebesmaschine liess sich nicht umspannen, und ich begriff nicht, wie nur ein solches Ungeheuer sich in mich hinein verstecken konnte. Meine streichelnden Finger machten das riesenhafte Ding nur noch grösser wachsen, und ich fühlte, es sei nun nicht länger zu spassen — ich bereitete mich auf den Angriff vor. Ich legte ein Kissen unter mich, damit er besser agieren könne, und führte mit meiner Hand den schrecklichen Schwanz an sein Ziel, das bequem vor ihm lag, denn meine Hüften lagen erhöht, und meine Beine waren so weit gespreizt als es nur ging. Die Hitze, die meinem Liebesort entströmte, liess ihn fühlen, dass er am Eingang sei, und vorwärts trieb er, und die lustdurstige Schleuse nahm ihn auf. Erst war ein kleines Verweilen, aber alsbald verfolgte er seinen Weg weiter durch die enge Strasse und erweiterte sie mit einer Anstrengung, die mir sehr angenehm war; unser Vergnügen wurde grösser, je mehr Berührungspunkte zusammentrafen, und jetzt war er vollständig eingedrungen und eingehüllt, und die enge Einschliessung und Umhüllung steigerten unser Vergnügen aufs höchste.

Wir hatten den höchsten Punkt der Lust erreicht, als er seinen Schwanz zurückzog, doch nur, um ihn mir mit noch grösserer Gewalt wieder hineinzutreiben. Als hätte ich Furcht, ihn zu verlieren, schlang ich in der Hitze der geilen Wut meine Beine um das feste, elastische Fleisch seiner nackten Lenden.

Nun hatte ich ihn auf jede Weise umklammert und hielt ihn fest, als ob sich Körper und Körper ganz vereinigen müssten. Das verursachte eine Pause in der Aktion, einen Aufenthalt im Vergnügen, während der andere Mund unten zwischen meinen Beinen so viel als er nur konnte und mit höchstem Geschmack daran den Bissen umschlossen hielt, den er so angenehm geschluckt hatte. Aber die Natur konnte dieses Vergnügen nicht länger aushalten, die Batterie fing, um zum Ende zu gelangen, mit neuen Kräften an zu spielen, und auch ich blieb dabei nicht untätig, sondern begegnete den Angriffen mit der grössten Heftigkeit, der ich fähig war, und nur zu schnell brachte diese heftige Bewegung, das süsse Drängen, dieses wundervolle Hin und Her, den Reiz in mir auf seinen höchsten Grad, so dass ich, als ich mich am Ende fühlte und den teueren Gefährten meiner Wonne nicht hinter mir lassen wollte, all die fördernden Bewegungen und Künste, die mir Erfahrung und Natur eingaben, anwandte, es dahin zu bringen, dass er zugleich mit mir ans Ende käme. Ich machte den engen Lustgürtel um meinen rastlosen Einwohner noch enger, wie mit Hilfe einer geheimen Springfeder, die dem Willen in diesen Teilen gehorcht; dann brachte ich meine Hand leise an den Vorratsbeutel der köstlichsten Süssigkeiten der Natur, der so entzückend an die Röhre aufgehängt ist, aus der wir sie empfangen. Wie ich da hinfühlte und die weichen Kugeln sanft drückte, da tat die magische Berührung sofort ihre Wirkung, beschleunigte die Symptome der süssen Agonie, des hinschmelzenden Augenblicks der Auflösung, in der die Lust in der Lust erstirbt und diese geheimnisvolle Maschine den Kitzel in uns besiegt, da sie uns mit einem heissen Strome überschüttet, dem höchsten Reiz. Nun ergoss sich in reichlichen Strahlen sein Nass in meine weit geöffnete Schleuse, mischte sich da mit meinem und brachte uns in eine Ekstase, die uns atemlos, vergehend, in Wonne verloren hinstreckte. Eine wollüstige Ermattung fiel auf unsere Glieder, die uns ohne Bewegung eins in den Armen des andern hielt. Dass diese Entzückungen nicht länger dauern! Jetzt wies uns der höchst erreichte Punkt der Lust, die der Genuss noch gar nicht vermindert hatte, auf die kühlen Sorgen des unschönen Lebens. Als ich mich endlich aus dieser Umschlingung losriss, sagte ich meinem süssen Jungen die Gründe, weshalb er mich jetzt verlassen müsste; er zog nur widerwillig seine Kleider an, wobei er sich öfters mit Küssen und Umarmungen unterbrach, die ich mir auch nicht versagen wollte. Glücklicherweise kam er wieder zu seinem Herrn, bevor dieser ihn vermisste. Beim Abschied zwang ich ihn — er wollte es durchaus nicht nehmen — so viel Geld anzunehmen als nötig war, eine silberne Uhr zu kaufen, die der Ehrgeiz jedes Bedienten ist. Er nahm das Geld endlich, um an meine Zuneigung eine Erinnerung zu haben, die er sorgfältig aufbewahren wollte.

Soll ich mich vor Ihnen, Madame, entschuldigen, dass ich alle diese Dinge, die einen so tiefen Eindruck auf mich gemacht haben, so umständlich erzähle? Aber es hat dieses Erlebnis so grosse Veränderungen in mein Leben gebracht, dass ich es schon der historischen Treue wegen nicht übergehen durfte, ganz abgesehen davon, dass ich dies herrliche Vergnügen an dem Jungen nicht deshalb unterdrücken und undankbar vergessen werde, weil ich es bei einem Menschen von niedrigem Stande, bei einem Bedienten fand. Und man trifft es da wirklich oft unverfälschter und grösser, als bei den falschen und albernen Verfeinerungen, mit denen sich die höheren Stände betrügen und betrügen lassen. Die höheren Stände, mein Gott! Es sind unter jenen, die man die grosse Masse nennt, wenige, die in der wahren Kunst des Lebens unwissender sind als wir und ungeübter. Suchen nach Lüsten, die der Natur fremd sind, der Natur, die nichts sonst will, als den Genuss der Schönheit und nicht frägt nach Rang, Geburt, Manier und Sitte!

Die Rache hatte keinen Anteil mehr an meinem Liebesverkehr mit dem hübschen Knaben, und nur das Vergnügen kettete mich an ihn. Die Natur hatte ihn ja auch in seiner äusseren Gestalt so reich beschenkt, besonders mit jenem stolzesten Werkzeug der Liebe! Alles an ihm war dazu angetan, die Sinnlichkeit auf höchste zu befriedigen, und doch fehlte ihm etwas, um in mir die Liebe zu wecken. Auch eine Menge anderer guter Eigenschaften besass Will. Er war artig, umgänglich und dankbar; schweigsam, dass es schon ein Fehler wurde, denn er sprach fast nichts und ersetzte das durch seine Handlung. Um gerecht zu sein, muss ich sagen, dass er mir nie Ursache zur Klage gegeben hatte; nie hatte er sich der gestatteten Freiheiten wegen etwas gegen mich herausgenommen oder gar aus Unvorsichtigkeit oder Prahlerei etwas ausgeplaudert. Es gibt ein Schicksal in der Liebe, und das zwang mich, ihn zu lieben, wie ich ihn liebte. War er doch ein Schatz, ein Bissen für eine Herzogin, und mein Wohlgefallen an ihm war so gross, dass, um es nicht Liebe zu nennen, es einer feineren Distinktion bedürfte, die zwischen Lust und Liebe liegt.

Durch eine unvorsichtige Nachlässigkeit fand meine Glückseligkeit ein jähes Ende. Erst hatten wir unsere Wonnen durch ganz überflüssige Mittel verborgen gehalten, aber unser Glück machte uns so dreist, dass wir schliesslich auch die notwendigsten unterliessen. Etwa nach einem Monat unserer Bekanntschaft war ich eines Morgens zu einer Zeit, in welcher mich Herr H*** selten oder nie besuchte, in dem Kabinett, wo meine Toilette war; ich hatte nichts als mein Hemd, meinen Schlafrock und einen Unterrock an. Will war bei mir, und wir waren beide sehr in Laune, die gute Gelegenheit auszunützen. Ich empfand ein wollüstiges Bedürfnis nach einem Spiel, zu dem ich meinen Partner einlud und ihn aufforderte, auf der Stelle ans Werk zu gehen, wozu er sich nicht bitten liess. Ich sass in einem Armstuhl, Hemd und Unterrock aufgehoben, meine Schenkel ausgebreitet und über die Armlehnen des Stuhles gelegt, so dass Wills gezogener Spiess das schönste Ziel hatte. Er war gerade im Begriff ihn hineinzubohren, als H***, da die Kammertür unverschlossen geblieben war, leise eintrat, ehe eines von uns beiden es bemerkte, und die ganze Geschichte sah.

Ich stiess einen lauten Schrei aus und warf den Rock herunter; der Junge war wie vom Donner gerührt, und stand zitternd und blieb und wartete auf sein Todesurteil. Herr H*** sah bald auf den einen, bald auf den andern, mit einem Gemisch von Zorn und Verachtung, und ging ohne ein Wort zu sagen hinaus.

In meiner Verrwirrung hörte ich ihn noch deutlich den Schlüssel hinter der zugeworfenen Tür umdrehen, und wir konnten nur mehr durch den Speisesaal hinaus, wo er mit unruhigen und lauten Schritten hin- und herstapfte, wohl überlegend, was er mit uns anfangen sollte.

Der arme Will war ganz weg vor Schrecken, und ich selber hatte alle meine Geistesgegenwart nötig, mich aufrecht zu erhalten. Ich musste dem Jungen zusprechen, dass er nicht einfach umfalle. Das Unglück, dass ich über ihn gebracht hatte, machte ihn mir nur noch teurer, und ich hätte freudig jede Strafe erduldet, wenn er nur nicht hätte leiden müssen. Ich küsste sein Gesicht unter Tränen, wie der arme Bursch da sass, weil er zum Stehen keine Kraft mehr hatte.

Da kam Herr H*** wieder und befahl uns, ins Speisezimmer zu gehen. Da setzte er sich auf einen Stuhl, während wir wie die Verbrecher vor dem Richter stehen blieben. Er fragte mich mit einer Stimme, die weder sanft noch hart war, was ich für mich sagen könnte, dass ich ihn auf solche Weise hintergangen hätte, wodurch er das verdient habe, noch dazu mit einem seiner Bedienten!

Ich wollte meiner Schuld keine kühne Verteidigung geben, wie es die gewöhnliche Art der Maitressen ist, sondern sagte nur ganz bescheiden, öfters von Thränen unterbrochen, etwa so: „Dass ich nie den Gedanken gehabt hätte, ihn zu beleidigen, — was ja auch sicher die Wahrheit war, — bis zu dem Tage, da ich gesehen hatte, wie er sich die äusserste Freiheit mit meinem Mädchen nahm — hier wurde er ganz rot – und dass meine Empfindung, ohne dass ich mich beklagt hätte, mich zu der Rache getrieben habe, die ich mir jetzt zu rechtfertigen erlaubte; was aber den jungen Menschen beträfe, so wäre er ganz unschuldig; ich hätte ihn lediglich als mein Werkzeug benutzt und verführt, und dass ich hoffte, er würde, was er auch immer beschliessen möchte, einen Unterschied machen zwischen dem Schuldigen und Unschuldigen, und dass ich mich im übrigen ganz in seine Gnade begebe.

Herr H*** liess den Kopf sinken, erholte sich aber bald wieder und sagte, soweit ich mich noch erinnern kann, etwa folgendes: „Madame, ich schäme mich meiner selbst und gestehe, dass Sie mir, was sie meine Schuld nannten, reichlich vergolten haben. Mit einer Person von Ihrer Erziehung und Gesinnung kann ich mich nicht in weitere Unterhaltungen darüber einlassen, was für ein grosser Unterschied zwischen den beiden Beleidigungen, zwischen Ihrer Schuld und der meinen ist. Es genüge Ihnen mein Zugeständnis, dass Sie Ihre Gesinnung gegen mich nur wegen dieser Sache geändert haben. Auch gebe ich zu, dass Ihre Verteidigung in Hinsicht auf diesen Schlingel schön und sehr gütig ist, aber mein Verhältnis mit Ihnen fortzusetzen, ist mir unmöglich, denn die Beschimpfung ist zu stark gewesen. Ich gebe Ihnen eine Woche Zeit, um diese Wohnung zu verlassen. Alles, was ich Ihnen je geschenkt habe, gehört Ihnen. Da ich aber beschlossen habe, Sie nie wieder zu sehen, so wird die Wirtin Ihnen fünfzig Guineen von mir übergeben und ich werde ausserdem alle Ihre Schulden bezahlen. So werden Sie hoffentlich zugeben, dass ich Sie in keinem schlechteren Zustand verlasse als ich Sie aufgenommen habe und Sie es verdient haben — schreiben Sie es sich selbst zu, dass es nicht besser gekommen ist."

Ohne mir Zeit zu einer Antwort zu lassen, wandte er sich an den Jungen:

„Um dich aber, du Taugenichts, will ich deines Vaters willen Sorge tragen. Die Stadt ist kein guter Ort für leichtsinnige dumme Jungen, wie du einer bist, und darum schicke ich dich morgen unter der Obhut einer meiner Leute deinem Vater zurück, damit du hier nicht verdorben wirst."

Nach diesen Worten stand er auf und ging. Ich hatte vergebens gehofft, ihn damit zurückzuhalten, dass ich mich ihm vor die Füsse warf — er stiess mich von sich, obgleich er sehr bewegt schien und nahm Will mit sich, der sicher glaubte, sehr gut davongekommen zu sein.

Jetzt war ich wieder mir selbst überlassen und durch einen Mann, den ich sicher nicht verdient hatte. Alle Briefe, Bitten und Freunde, die ich in dieser Gnadenfrist einer Woche zu ihm schickte, bewogen ihn nicht, mich noch einmal zu sehen.

Er hatte ein unwiderrufliches Urteil über mich gesprochen, und ich konnte mich nur mehr fügen. Bald nachher heiratete H*** eine Dame von Geburt und Vermögen, der er, wie man mir später erzählte, unverbrüchliche Treue hielt.

Der arme Will war sofort in sein Heimatsdorf zurückgeschickt worden, zu seinem Vater, einem wohlhabenden Pächter, und schon vier Monate später heiratete er eine rüstige Witwe mit viel Geld und andern Dingen, die sich in ihn verliebt hatte und ihn vielleicht in guter Kenntnis der grossen Eigenschaften des Jungen heiratete — einen Grund hatten sie sicher, miteinander glücklich zu leben.

Ich hätte ihn zu gerne vorher noch einmal gesehen, Herr H*** hatte jedoch seine Verfügungen so gut getroffen, dass es mir ganz unmöglich wurde; ich hätte mich sonst bemüht, Will in der Stadt zu behalten, und weder Kosten noch sonst etwas gespart, ihn mir zu erhalten; denn er hatte mich so eingenommen, dass ich glaubte, so leicht keinen andern zu finden, ohne dass mein Herz dabei irgendwie ins Spiel kam.

Mein Eigennutz hatte mich erst getrieben, Herrn H*** gegenüber alles zu versuchen, ihn wieder zu gewinnen. Aber ich war doch leichtsinnig genug, mich schneller als es gut war mit meinem Faux pas abzufinden. Da ich H*** nie geliebt und ich jetzt alle Freiheit wieder erlangt hatte, nach der doch oft meine Sehnsucht war, so tröstete ich mich in meiner Eitelkeit bald damit, dass meine Jugend und meine Schönheit, die ich jetzt käuflich machen wollte, nicht verfehlen würden, mich bald hoch zu bringen. Und die Notwendigkeit, mein Glück zu versuchen, machte mich nicht bedrückt oder gar verzweifelt, sondern vergnügt und fröhlich.

Verschiedene meiner Bekannten aus der Schwesternschaft der ausgehaltenen Mädchen, die von meinem Malheur gehört hatten, besuchten mich und wollten mich trösten; die meisten von ihnen hatten mich meines Glückes und Überflusses wegen beneidet, und es war wohl keine unter ihnen, die nicht meine jetzige Lage verdient hätte, in die sie auch früher oder später kommen mussten. Ich bemerkte ganz gut ihre Schadenfreude und das gekünstelte Mitleid, ja sogar den geheimen Ärger darüber, dass es nicht noch schlimmer um mich stünde. Unerklärlich ist doch diese menschliche Bosheit, die sich nicht auf die eigene Lebensführung beschränkt.

Als nun die Zeit heranrückte, da ich einen Entschluss für die Zukunft fassen musste und ich mich nach einer anderen Wohnung umzusehen anfing, da besuchte mich eines Tages eine Frau Cole, eine verschlagene Person mittleren Alters, die von einer meiner Bekannten geschickt und von meiner Lage genau unterrichtet war, und bot mir ihren guten Rat und ihre Dienste an. Da ich vom Anfang an schon mehr von ihr gehalten hatte als von allen anderen, so gab ich ihren Vorschlägen um so leichter Gehör; auch hatte ich kaum, wie es sich später herausstellte, in schlimmere oder bessere Hände fallen können, nicht in ganz London. Nicht in schlimmere, weil sie ein Hurenhaus hielt und es da keine Ausschweifung geben konnte, zu der sie mir nicht aus Gefälligkeit gegen ihre Kunden geraten hätte, keine geile Phantasie und wollüstige Zügellosigkeit, die sie nicht zu befördern gesucht hätte; und auch nicht in bessere Hände, weil niemand genauere und grössere Kenntnisse über alle für sie in Betracht kommenden Personen der Stadt hatte, keine aber besser raten und gegen die Gefahren unseres Handwerkes schützen konnte. Und mehr als das alles, sie begnügte sich mit einem sehr mässigen Profit für ihren Fleiss und ihre guten Dienste, ein seltener Fall bei Menschen ihrer Gattung. Sie hatte wirklich gar nichts von der eigentümlichen raubgierigen Eigennützigkeit der Kupplerinnen. Sie war von ganz guter Familie und sehr wohlerzogen, durch eine Reihe von Umständen aber zu ihrem Gewerbe gebracht worden, das sie teils aus Not, teils aus Neigung weiter trieb. Ja, aus Neigung, da kein Frauenzimmer je mehr Freude daran fand, als die Cole, den Handel in gutem Gang zu erhalten, um der Sache selber willen, und es verstand auch keine alle Geheimnisse und Finessen des Liebeshandels eingehender als sie. Sie war einfach die Erste in ihrem Fach und hatte nur mit Kunden von Rang zu tun, für deren Wünsche sie immer eine Anzahl „Töchter“ zur Verfügung hatte, — so nannte sie die Mädchen, deren Jugend und persönliche Reize die Aufnahme in ihre Fürsorge empfahlen. Und sie hatte mancher durch ihre Vermittlung und ihren Schutz eine sehr gute Stellung in der Welt verschafft.

Diese höchst nützliche Frau, unter

deren Fittiche ich mich jetzt begab, hatte Herrn H*** wegen ihre Gründe, dass sie am Tage meines Umzuges nicht selbst vorsprach, sondern eine Freundin schickte, die mich in meine neue Wohnung, bei einem Besenbinder in der R***strasse, bringen sollte; es war das nächste Haus neben dem ihrigen, in dem gerade kein Platz frei war. Diese Wohnung war schon von verschiedenen Verkäuferinnen des Vergnügens bewohnt gewesen, so dass der Hauswirt mit den Bräuchen vertraut war; und da die Mieten gut bezahlt wurden, so richtete er alles so gut und bequem ein als man nur verlangen konnte.

Die fünfzig Guineen, die Herr H*** mir versprochen hatte, wurden mir pünktlich ausbezahlt, und nachdem all meine Kleider und Möbel, die mindestens zweihundert Pfund Wert hatten, aufgepackt und auf einem Wagen untergebracht waren, nahm ich vom Wirte und seiner Familie höflichen Abschied; ich hatte nie intimer mit ihnen verkehrt, so dass mir die Trennung nicht sehr nahe ging, aber ich weinte doch ein bischen. Ich liess einen Dankbrief an Herrn H*** zurück, von dem ich mich jetzt völlig getrennt glaubte.

Mein Mädchen hatte ich tagszuvor verabschiedet; ich hatte sie von Herrn H*** und habe sie in Verdacht, dass sie aus Rache, weil ich sie nie ins Vertrauen gezogen hatte, auf irgend eine Weise Ursache zur Entdeckung meiner Geschichte mit Will gewesen war.

Bald waren wir in meiner neuen Wohnung, die, obgleich nicht so schön und glänzend möbliert wie die vorige, doch eben so bequem war und nur die Hälfte kostete. Meine Koffer waren gut hinaufgebracht und in meinem Zimmer ausgepackt, als meine Nachbarin und Protectrice, Frau Cole, zusammen mit meinem Hauswirt mich empfingen, dem sie mich höchst vorteilhaft vorstellte, als Eine, von der er alle Ursache hätte, regelmässig den Hauszins zu erwarten, — alle Kardinaltugenden zusammen würden diese Empfehlung nicht aufgewogen haben.

Ich war jetzt in meiner neuen Wohnung eingerichtet, mir selbst und den Stürmen des Lebens überlassen. Die Folgen und Vorfälle meines neuen Standes als Freudenmädchen wird ein zweiter Brief erzählen — es ist höchste Zeit, diesen ersten zu schliessen.

Ich bin, Madame, die Ihrige

***.